北原白秋

Kitahara Hakushu

國生雅子

コレクション日本歌人選017
Collected Works of Japanese Poets

JN292307

笠間書院

『北原白秋』——目次

凡例

一、本書には、近代の歌人北原白秋の歌三十首を載せた。

一、本書は、短歌だけでなく詩や童謡にも触れつつ、作品鑑賞を通して白秋の生涯に迫ることに重点をおいた。

一、本書は、次の項目からなる。「作品本文」「出典」「口語訳・大意」「鑑賞」「脚注」「略歴」「略年譜」「筆者解説」「読書案内」「付録エッセイ」。

一、テキスト本文は、主として岩波書店版『白秋全集』に拠り、適宜ルビを補い読みやすくした。

一、鑑賞は、一首につき見開き二ページを当てたが、重要な作には特に四ページを当てたものがある。

北原白秋

01

春の鳥な鳴きそ鳴きそあかあかと外《と》の面《も》の草に日の入《い》る夕《ゆふべ》

【出典】『桐の花』銀笛哀慕調・I春

（大意）戸外の草原を赤々と染めて日が沈もうとしている夕暮れ時、春の鳥に鳴いてくれるなと訴えかける歌である。

白秋の第一歌集『桐《きり》の花』の巻頭を飾る著名な作品である。「な〜そ」は古典文法の時間におなじみの禁止の用法。「な鳴きそな鳴きそ」とすべきだが、二回目の「な」は省略してある。春という季節、草の緑、夕日の赤、「鳴いてくれるな」という鳥への呼びかけと、歌を構成する要素は明快だが、具体的に情景を思い浮かべようとすると像はぼやけてくる。

「外の面」とあるので、詠《よ》み手が室内にいることは間違いない。では戸外

【初出】「八少女」明治四十一年八月「スバル」明治四十二年五月

＊桐―ゴマノハグサ科の落葉高木。初夏に長さ五〜六センチの淡紫色の筒状の花を多数つける。

の草を染《そ》める夕焼けを、実際に目にしているのか、それとも光の具合から感じているだけなのか。鳥は室内で飼われている鳥なのか、外の野生《やせい》の鳥なのか。何か特定の鳥を指すのか否か。「鳴いてくれるな」と訴えるのは、鳥が今鳴いているからなのか、それともこのまま鳴かないでくれということなのか。鳴いているとするならば、その鳴き声はどのようなものなのか。たとえば春の喜びに満《み》ちた高らかなさえずり？　それとも春の憂《うれ》いに満ちた悲しげな声？　疑問は次々に浮かび上がるだろう。

この歌が耳に馴染《なじ》んで忘れがたいのは、何といっても「春の鳥な鳴きそ鳴きそ」というフレーズの力だ。これは白秋のお気に入りで、第三詩集『東京景物詩』*にも「春の鳥」という作品が収められているが、全六行のうち半分は「鳴きそな鳴きそ春の鳥」の繰り返しである。こちらは江戸時代の俗謡《ぞくよう》*「歌沢《うたざわ》」や隅田《すみだ》川を表す「大川《おおかわ》」が登場し、江戸趣味*の漂《ただよ》う味付けとなっている。また、第二詩集『思ひ出』*の「アラビアンナイト物語」では、少年の日にアラビアンナイト（「千夜一夜物語」）の不思議な物語に夢中になった追憶の中で、ほぼ同じフレーズが繰り返されている。『桐の花』には他にも多くの「春の鳥」が登場し、この歌のイメージの確定は難しい。これまでにも

*『東京景物詩』―正確には『東京景物詩及其他』。大正二年（一九一三）七月に刊行された第三詩集。『桐の花』と同時期の制作で、内容的にも重なる要素が多い。

*俗謡―民間でうたわれるはやり歌。

*江戸趣味―江戸人に特有な好みや感覚。またそのような事柄を愛好する傾向。

*『思ひ出』―明治四十四年（一九一一）六月に刊行された第二詩集。故郷柳川の風物と幼少期の追憶をうたった作品が多く収められている。

様々な解釈が示されているが、読者の感性に任《まか》せることにしよう。

『桐の花』には六篇の散文が含まれており、序文の位置に置かれた「桐の花とカステラ」の中で、白秋は「私には鳴いてる小鳥のしらべよりもその小鳥をそのかして鳴かしめるまでにいたる周囲のなんとなき空気の捉《とら》へがたい色やにほひがなつかしいのだ」と述べている。春の夕暮れの雰囲気《ふんいき》、それさえ感じ取ってくれればよい。

その他、歌集全体に関わる特色をいくつかあげておこう。まず、春という季節。『桐の花』には、圧倒的に春から初夏にかけての歌が多い。勿論、四季の一つということだけでなく、「青春」という人生の季節を意味している。次に豊かな色彩表現。この歌の場合、夕日の赤と草の緑ということになるが、特に赤(紅)は最も多く、補色《ほしょく》の緑は赤を際立《きわだ》たせる。「草わかば色鉛筆の赤き粉のちるがいとしく寝て削るなり」という歌は、その色彩表現だけで成り立っているといっても過言ではない。

最後に音、聴覚的表現である。この歌の世界で現《げん》に鳥が鳴いているのか否かは別にして、言葉の裏に読者は幻の鳥の声を感ずる。収められた章は「銀笛哀慕調」、銀の笛の何かを慕《した》うようなかそかな音色《ねいろ》を意味し、二首目に置かれた次の歌は、銀笛の哀《かな》しいひとふしに過ぎ去った夢を懐《なつ》かしむ内容である。

　銀笛*のごとも哀《かな》しく単調《ひとふし》に過ぎもゆきにし夢なりしかな

『桐の花』には実に様々の音が響きあっている。銀の笛の音が、小鳥の鳴き声に呼応していることは指摘するまでもあるまい。そして、音だけではなく、視覚、嗅覚、触覚と、五感を駆使《くし》して「空気の捉へがたい色やにほひ」を三十一音に凝縮《ぎようしゆく》する白秋の卓越《たくえつ》した表現力を感じ取って欲しい。

＊銀笛―「スバル」明治四十二年五月号の初出では「ぎんてき」とルビが付されている。

02

かなしげに春の小鳥も啼《な》き過ぎぬ赤きセエリーを君と鳴らさむ

【出典】『桐の花』初夏晩春・Ⅲ庭園の食卓

赤いシェリー酒が注がれたグラスで君と乾杯をしよう。
悲しげに春の鳥が鳴きながら通り過ぎていくね。

【初出】未詳

「セエリー」はスペイン産のぶどう酒の一種、シェリー酒のこと。「庭園の食卓」十六首のうちの一首。詞書《ことばがき》を含む一連の歌を通して、まるで映画のワンシーンのように鮮《あざ》やかに場面が浮かび上がる。初夏の庭園、まだ実の青いさくらんぼの木の下にテーブルをしつらえ、サラダに白いソースをかけて食べる。シェリー酒を飲み、ロシア煙草《たばこ》をくゆらし、誰かが飲みかけたコーヒーのカップからは湯気《ゆげ》がゆるく立ち上っている。

サラダとり白きソースをかけてましさみしき春の思ひ出のため
やはらかに誰が喫《の》みさしし珈琲《コオヒイ》ぞ紫の吐息ゆるくのぼれる

一緒にいるのは誰だろうか？　「青き果のかげに椅子よせ春の日を友と惜しめば薄雲のゆく」の歌からは友人と考えられるが、この歌や「まひる野の玉葱《たまねぎ》の花紫蘇《しそ》の花かろく哀しみ君とわかるる」の「君」は恋人と解釈した方がふさわしいように感じられる。つまりは同じ舞台装置の中で、個々の歌は友人との語らいや恋人とのランチなど、それぞれの場面が歌われていると考えられるだろう。全体のトーンは「かなしみ」「さびしさ」であるが、けっして深刻《しんこく》なものではなく、春のもの憂《う》さ、青春のうっすらとした感傷であって、華《はな》やかさの中に秘められたスパイスの役割を果たしている。この歌にも春の鳥が登場するが、次に置かれた「燕《つばめ》、燕、春のセエリーのいと赤きさくらんぼ啣《くは》え飛びさりにけり」の歌からは、燕ということになるだろうか。もちろん、この歌だけを単独に読み、どのような鳥を思い浮かべても結構だ。春の鳥のイメージは重層的で、一様《いちよう》ではない。

当時、友人の＊木下杢太郎《きのしたもくたろう》、＊吉井勇《よしいいさむ》や画家達が定期的に集まる「パンの会」というものがあった。自由に芸術について語り合う、憧《あこが》れのパリのカフェの

＊木下杢太郎―明治十八年（一八八五）～昭和二十年（一九四五）。詩人、劇作家、キリシタン文化研究家、医師。当時は東大医学部学生。明治末期、白秋に大きな影響を与えた。

＊吉井勇―明治十九年（一八八六）～昭和三十五年（一九六〇）。歌人。白秋とともに新人歌人として注目されていた。

ような場を求めた親睦《しんぼく》の会から始まり、名称はギリシャ神話に登場する牧羊《ぼくよう》神《しん》パーンにちなんで付けられた。明治四十一年（一九〇八）十二月に始まり、大正二年（一九一三）ごろまで続いたと考えられているが、一時期は小説家の谷崎*潤一郎や*永井荷風《かふう》も出席して、かなり盛大だったという。白秋が、*『邪宗《じゃしゅう》門《もん》』『思ひ出』『桐の花』『東京景物詩』を次々に刊行し、新進の芸術家として最も華やかに活動していた時期に重なる。会場選びは容易ではなかった。当時の日本にパリの雰囲気が味わえる店などなかったからだ。やっと見つけたのは両国《りょうごく》にあった貧弱な西洋料理屋。吉井勇は「両国の橋のたもとの三階の窓より牧羊神《パン》の躍り出づる日」と歌っている。隅田川にかかる永代《えいたい》橋際の永代亭もよく使われたが、いずれにしても、歌の世界と現実は違い過ぎた。後に「メエゾン・鴻《こう》の巣」という本格的なバーが生まれ、白秋たちを喜ばせることになる。ちなみに、木下杢太郎は（「鴻の巣」の主人に）と副題を添えた「該里酒《せりい》」という作品も残している。隅田川沿いの店がよく選ばれたのは、隅田川をセーヌ川に見立てたわけだが、川沿《ぞ》いの下町に漂う江戸の情緒《じょうちょ》もまた、彼らの異国趣味の対象であった。

ともあれ、庭園の食卓に歌われた西洋的な情景は、二十世紀初頭の日本の

*谷崎潤一郎―明治十九年（一八八六）〜昭和四十年（一九六五）。小説家。明治四十三年十一月に代表作「刺《し》青《せい》」を発表。

*永井荷風―明治十二年（一八七九）〜昭和三十四年（一九五九）。小説家。白秋の詩「片恋」を高く評価した。

*『邪宗門』―明治四十二年（一九〇九）三月に刊行された第一詩集。南蛮趣味、異国趣味に溢れた作品が収められている。

現実ではなかった。夢に描《えが》く語らいの場、かくあるべしと願ったパンの会の情景だろうか。ジン、ウイスキー、リキュール、そしてココア、コーヒー。『桐の花』には様々な嗜好《しこう》飲料が登場するが、それらはいずれも当時の日本ではこの上なくハイカラで、パンの会の西洋趣味、都会趣味を象徴するものとなっている。軽薄な西洋かぶれと見る人もいるかも知れないが、新奇なものにあこがれる明治の青春を思うと、どこかほほえましい。

03

仏蘭西《ふらんす》のみやび少女《をとめ》がさしかざす勿忘草《わすれなぐさ》の空いろの花

【出典】『桐の花』白き露台・V白き露台

（大意）空色の忽忘草の花を髪にさした、フランスの美しく優美な少女の姿を歌っている。

【初出】未詳

口語訳の必要もないほど表面的な意味は明白だが、なぜこのような歌が詠《よ》まれたのか、「君には似つれ、／見もしらぬ少女なりけり」という詞書を参照しなければ理解できないだろう。「君には似つれ」の後には「ども」が省略されたと考えられる。あなたに似ている、似ているけれども見知らぬ少女、それが仏蘭西の美しい少女である。恐らく、絵か写真か、どこかでふと眼にしたものであろう。勿忘草《わすれなぐさ》は高さ三十センチ前後、春から夏にかけ青色の小花《しょうか》を無数につける。和名は英名「Forget-me-not」を訳したもので、川上滝弥、森広著『はな』（明治三十五年）にその名が認められる。花言葉は勿論、「私を忘れないで」。ふと見かけた異国の少女の肖像《しょうぞう》にさえ面影《おもかげ》を見つけてしまうほどに、忘れがたい思い出を残した女性。彼女に似た異国の少女が髪に飾っているのは勿忘草の花だ。それは女性を忘れられない詠み手の思いを表すとともに、女性もまた同じ思いでいて欲しいという願望の現われかもしれない。全体に漂う異国趣味と共に、青系統の色を表現するのに、「空色」を用いた点も新鮮で印象的だ。

　勿忘草の他、ジキタリス*やロベリア*等、『桐の花』には多くの青い花が歌われている。もちろん、桐の花も淡紫色《たんししょく》。この青い花のイメージの原型は『邪宗門』収録の「青き花」と考えられる。

　そは暗《くら》きみどりの空に
　昔見し幻《まぼろし》なりき。
　青き花
　かくてたづねて、
　日も知らず、また、夜《よ》も知らず、

＊ジキタリス―ゴマノハグサ科の多年草。夏に淡紫色の鐘状歌をつける。

＊ロベリア―キキョウ科の一年草。夏に青または白色の小花を総状につける。

国あまた巡《めぐ》りありきし
そのかみの
われや、わかうど。

そののちも人とうまれて、
微妙《いみじ》くも奇《く》しき幻《まぼろし》
ゆめ、うつつ、
香《か》こそ忘れね、
かの青き花をたづねて
ああ、またもわれはあえかに
人《ひと》の世《よ》の
旅路《たびぢ》に迷ふ。

昔見た幻の青い花を求めて旅にさまよう若者の姿は、ドイツの詩人*ノヴァーリスの『青い花』を下敷《したじ》きにしている。主人公の詩人ハインリヒが、微笑みかける少女の顔へと変わっていく青い花に恋い焦《こ》がれ、その面影をもとめて旅をする物語である。『桐の花』の青系統の色の花多くは、そのような若

＊ノヴァーリス　一七七二〜一八〇一。ドイツのロマン派を代表する詩人。「青い花」はその代表作とも言える小説で、未完。

き日のピュアな恋の象徴《しょうちょう》として咲いている。例えば次の歌のように。

ヒヤシンス薄紫《うすむらさき》に咲きにけりはじめて心顫《ふる》ひそめし日

初めて恋のときめきを感じた日、ヒヤシンスの花が薄紫に咲いた。ただそれだけの意味だが、なぜ青系統のヒヤシンスの花が選ばれたか、説明の必要はないだろう。ヒヤシンスは幕末期に渡来した、ユリ科の球根性多年草。高さ十五～三十センチで春先に鐘形《かねがた》の小さな花を密《みつ》な総状《ふさじょう》につけ、香《かおり》がよい。つまり勿忘草もヒヤシンスも、外来種《がいらいしゅ》のまだ目新しい花で、その点もまた歌の題材に選ばれた重要なポイントと考えられる。

04

はるすぎてうらわかぐさのなやみより
もえいづるはなのあかきときめき

【出典】『桐の花』銀笛哀慕調・Ⅰ春

〔大意〕春が過ぎ、若草の中から赤い花が咲き出すように、熱情に胸をときめかせている青年の性の悩みを歌った作品。

【初出】「スバル」明治四十二年五月

今度は赤い花の歌である。赤いアマリリスを歌った二作品に続く、すべて平仮名《ひらがな》表記の四連作の一首目。うち三作に赤い花が歌われている。そこはとない女性への思慕《しぼ》を綴《つづ》った青い花の歌に対して、赤い花には官能的、性的な要素が濃厚に漂い、自《みずか》らの内側から沸《わ》きあがってくる熱情に、戸惑い、おののき、悩む若者の姿が描かれる。

赤い花はそのような青年の衝動《しょうどう》を象徴すると同時に、「くれなゐのにくき唇あまりりすつき放しつつ君をこそおもへ」の歌に示されたように、女性の官能美の象徴でもある。「あまりりす」はユリに似た形の大きな花を茎の頂に横向きに数個つける、とても派手な花。セクシーで魅力的な女性のイメージが浮かんで来る。しかし、『邪宗門』や『東京景物詩』に見られる官能の世界は、この『桐の花』ではさほどどぎつく描かれてはいない。「桐の花とカステラ」の中で、白秋は短歌を「緑の古宝玉」「一弦の古琴」に例《たと》えているが、そのような器《うつわ》に赤く強烈な酒は似つかわしくないと判断したのだろうか。この歌も初出の漢字平仮名まじりの表記を平仮名に統一することによって、全体の印象を柔らかなものにしている。

ところで、『桐の花』に歌われた多くの赤い花の中には、明らかに特定の女性を念頭に置いたと解釈される作品も見受けられる。それらは巻の最後に成立した作品群であるが、だからと言って全ての恋の歌を、現実の恋に結びつけて読む必要はない。青い花の歌が青年の恋の気分を詠《よ》んだものならば、この歌もまた性に戸惑う青年の悩ましい情緒《じょうちょ》を味わうべき作品と解釈しておこう。

05

片恋《かたこひ》のわれかな身かなやはらかにネルは着れども物おもへども

【出典】『桐の花』薄命の時・Ⅲ浅き浮名

春になり柔らかなフランネルの着物を着て、さまざまにもの思うけれど、片思いのあの人が忘れられないわが身です。

【初出】未詳

ネルはフランネルのことで、起毛《きもう》したウールもしくは綿のやわらかな織物。保温性に富むことから、今では秋・冬物の印象が強いが、裏をつけない単衣《ひとえ》の着物に仕立てて、晩春から梅雨時、そして秋口《あきぐち》によく着られていた。片恋は片思いのこと。なぜネルの単衣と片思いが結び付けられるのか、まずは『東京景物詩』に収録された「片恋」を読むことにしよう。

あかしやの金と赤とがちるぞえな。

かはたれの秋の光にちるぞえな。
片恋の薄着のねるのわがうれひ
「曳船《ひきふね》」の水のほとりをゆくころを。
やはらかな君が吐息のちるぞえな。
あかしやの金と赤とがちるぞえな。

ネルの単衣の着物では、少し肌寒い秋の夕暮れ。アカシヤの落葉が夕日を受けて赤と金とに輝《かがや》いている。曳船は東京都墨田区東向島の地名、現在は暗《あん》*渠《きょ》となっている曳船川沿いの地域である。散り掛かる落ち葉は、まるで思う人の吐息《といき》のように感じられる。秋の肌寒さと恋の憂いの寂《さび》しさが重なり合って、甘く哀しい恋の感傷が綴られている。「ちるぞえな」という江戸時代の俗謡風の繰り返しが印象的だ。後に白秋は創作童謡や民謡など、歌謡の世界で成功するが、その萌芽《ほうが》はこの作品にあったという。アカシアは正確にはニセアカシアのこと。マメ科ハリエンジュ目《もく》の落葉高木で、和名はハリエンジュ（針槐）。

この歌の「われかな身かな」は「わが身かな」の意味と考えられる。柔《やわ》らかなネルを着て、様々に物思うけれど、常に心にかかるのは片思いのあの人

*暗渠―地下に設けられた溝。

の事。つくづくと、片恋のわが身が思われてならない。もちろん、深刻なものではなく、恋に恋するような甘い心の疼《うず》きに似たものだろう。ただし、季節は「片恋」の詩とは異なり、春と思われる。一つ前に「薄青きセルの単衣を着けそめしそのころのごとなつかしきひと」という歌が置かれているからである。セルは薄手《うすで》の毛織物で、ネルと同じ季節に着られていた。「着けそめし」とは着初《きはじ》めたという意味。薄くて軽い着物へと衣がえを行う、初夏晩春の頃となるだろう。春になり、ネルやセルの単衣に袖《そで》を通す。それが少し暑苦しく感じられるようになると、夏が近づいたということだ。ネルの着物は、微妙な季節の推移《すいい》の指標であり、その柔らかな触感《しょっかん》で「春と夏の二声楽《デュエット》」(『東京景物詩』「青い髯《ひげ》」)を奏《かな》でているのである。

『桐の花』時代の白秋がネルを好んだのは極めて自然なことであった。「五月が過ぎ、六月が来て私らの皮膚に柔軟《やはら》かなネルのにほひがやや熱く感じられるころとなれば、西洋料理店《レストラント》の白いテエブルクロスの上にも紫の釣鐘草《つりがねそう》*と苦い珈琲《コーヒー》の時季《じき》が来る」と、「桐の花とカステラ」にも綴《つづ》られている。ネルの季節とは、春と夏が交錯《こうさく》する五月を中心とした時期と言ってよいだろう。旧暦の五月は梅雨時、じめじめした文字通りの五月雨《さみだれ》が続く季節である。し

＊釣鐘草―鐘状の花をつける草木の総称。

かし新しい西洋流の暦では、五月は新緑《しんりょく》の美しいさわやかな月。この五月の持つ情趣《じょうしゅ》を積極的に歌ったのが、北原白秋であり、彼の周囲にいたパンの会の若き詩人、歌人達であった。フレッシュな五月の詩情にふさわしいのは、やはり若い恋の悩みということになろう。次の恋の歌にもネルが登場する。恋のけだるい悩みに沈む青年の姿だ。

ものづかれそのやはらかき青縞のふらんねるきてなげくわが恋

今私達は、ネルの単衣が持つ季節感を失ってしまった。しかし、片思いの甘い痛みを感ずる感性までは忘れ去っていないと信じたい。

06

こころもち黄なる花粉《かふん》のこぼれたる薄地のセルのなで肩のひと

【出典】『桐の花』初夏晩春・Ⅰ公園のひととき

（大意）なで肩のほっそりと美しい女性のセルの着物に、ほんの少し黄色の花粉がこぼれている情景を詠んだ歌。

【初出】「創作」明治四十三年六月

今度はセルの着物である。季節は初夏。初出では「セルの薄地」の総題で十六首発表されているが、その第一首目に置かれていた。歌集の構成上は「公園のひととき」八首中六首目、草若葉《くさわかば》の中の黄色い子犬、草若葉を踏《ふ》めば飛び散る西洋芥子《からし》のような黄色い花粉、棕櫚《しゅろ》の黄色い花房《はなぶさ》等、公園の緑の中で黄色がちりばめられている。この歌も、背景に初夏の公園の緑を配するべきだろう。昼寝の夢に愛人を殺す悪夢《あくむ》を見た年増《としま》芸者を描いた『東京景物詩』の「鬼百合《おにゆり》」の花粉は「湿つた褐色《かちいろ》」であったが、この歌の黄色い花粉は「こころもち」こぼれているだけ。多分、なで肩の細い肩の上だろう。女性のほっそりとした美しさが浮かんでくるようだ。

黄色い花粉は桐の花に取りあわされるカステラに通うイメージだ。「桐の花とカステラ」では五月になると「妙にカステラが粉っぽく見えてくる」と述べている。「暖味《あたたかみ》のある新しい黄色」の「ばさばさしてどこか手さはりの渋いカステラ」は、「タッチのフレッシュな印象」で白秋を引き付けたのである。

この歌で黄色い花粉を歌ったのもフレッシュな粉っぽさゆえだろう。そしてそのタッチの面白さはフランスの新しい芸術にも共通するという。とすればこの女性、いかにも着物の似合《にあ》いそうな、なで肩の日本美人風ではあるが、たとえば竹久夢二《たけひさゆめじ》*の絵のような、近代的ニュアンスをたたえた新しい時代の美人だったのではあるまいか。

さて、この女性は恋人なのか。それとも通りすがりに深い印象を残した見知らぬ人か。そのあたりの想像は読者におまかせすることにしよう。

＊竹久夢二―明治十七年（一八八四）～昭和九年（一九三四）。画家。独特の美人画で人気を得た。

07

君かへす朝の舗石《しきいし》さくさくと雪よ林檎《りんご》の香のごとくふれ

【出典】『桐の花』春を待つ間・Ⅲ雪

逢引《あいびき》の翌朝、恋人は道の敷石に積もった雪をさくさくと踏んで帰っていく。雪よ、林檎の香を振りまきながら降っておくれ。

明治最後の月に発表された、近代的で美しい後朝《きぬぎぬ》の歌である。これまでに見た初恋や片恋の歌と異なり、より深まった関係が歌われているのは明らかだ。恋人は朝の雪をさくさくと踏《ふ》んで帰っていく。その「さくさく」というオノマトペ（擬態語）が、林檎をさくさくと嚙《か》むイメージを喚起《かんき》し、同時に作中に林檎の新鮮な香が匂い立つ。聴覚表現と嗅覚表現が重なり合って、雪の朝の鮮烈《せんれつ》な印象がきわだつ。

【初出】「朱欒《ざんぼあ》」明治四十五年七月

＊後朝《きぬぎぬ》—男女が共寝をした翌朝の別れ。

高く評価されてきた作品だが、幾人《いくにん》かの評者が、後に触れる「哀傷篇」の恋愛に絡《から》めてこの歌を捉《とら》えている。白秋は人妻と恋に落ちたが、「君」をその人妻と解釈しているのだ。発表されたのが、彼女との恋が表ざたになった時期に重なるだけでなく、一つ前には「薄青き路上の雪よあまつさへ日てりかがやき人妻のゆく」と、雪の路《みち》を歩く人妻の姿を歌った歌が収められている。現実の恋を反映《はんえい》した歌と見るのは、自然な解釈かもしれない。しかし、歌の世界は、明らかに現実の恋を下敷きにした他の歌とは異なる。決して人に知られてはならない人妻との逢引の後にしては、下句に示された林檎の香が余りにも爽《さわ》やかではなかろうか。

例えば、『邪宗門』の「昨日と今日と」では、「わかうどのせはしさよ。／さは昨日世《きのふ》をも厭《いと》ひて重格魯母《ぢゆうクロヲム》求《と》めも泣きしか、／今朝《けさ》ははや林檎吸ひつつ霧深き河岸路《かしぢ》を辿る。／歌楽し、／鳴らす木履《きぐつ》に……」と、昨日は厭世観《えんせいかん》から自殺用に重クロム*の薬品を求めていたが、今朝は林檎の香を嗅《か》ぎつつ楽しげに歩く、若者の不安定な心が描かれている。林檎は厭世観《えんせいかん》とは対極的な、楽しげな気分の表象《ひょうしょう》だ。「しみじみとふる、さくさくと、／雨は林檎の香のごとく」という詩句《しく》が繰り返される「銀座《ぎんざ》の雨」（『東京景物詩』）にしても、

＊重クロム―重クロム酸の薬品。カリウムやナトリウムなど各種あり。化学工業などで使われる。ここではその語感から、劇薬をイメージしていると思われる。

「かなしさ」「さみしさ」の語は見られるが、決して暗い作品ではない。

雨……雨……雨……
雨は銀座に新らしく
しみじみとふる、さくさくと、
かたい林檎の香のごとく、
舗石《しきいし》の上、雪の上。

黒の山高帽《やまたかぼう》、猟虎《ラッコ》の毛皮、
わかい紳士は濡れてゆく。
蝙蝠傘《かうもり》の小さい老婦も濡れてゆく。
……黒の喪服と羽帽子《はねばうし》。
好《す》いた娘の蛇目傘《じやのめがさ》。
しみじみとふる、さくさくと、
雨は林檎の香のごとく。

（下略）

場所は東京の最先端の街《まち》、銀座。配される人物は、お洒落《しやれ》な紳士や若い娘。省略した部分にはヨーロッパの詩人の名がちりばめられ、「サンタクロスの贈り物」らしい「熊とおもちゃの長靴」は商店のディスプレイだろうか。近代的な街の情景に林檎の香《かお》りはよく似合う。

この時代、たとえ将来を誓《ちか》い合った恋人同士でも、性的な関係はタブー視され、人目を忍ばねばならなかった。現代の若いカップルにはふさわしいかも知れない新鮮な林檎の香は、明治の恋人達には非現実的だ。ましてや、人妻との秘密の関係ならばなおさらのこと。「さくさく」というオノマトペの爽《さわ》やかな響きの前では、「林檎」をアダムとイブが口にした罪の果実とする解釈も説得力を持たないだろう。つまりこの歌の場合も、他の恋の歌と同様に、恋の気分を歌った文学作品とみなし、無理に白秋の実体験と結びつける必要はないのではあるまいか。こんな朝の別れが、あったのかもしれないし、なかったのかもしれない。「君」は人妻かもしれないし、人妻ではないのかもしれない。そんな詮索《せんさく》とは別次元で、この歌の言葉は美しい。

桐の花ことにかはゆき半玉《はんぎよく》の泣かまほしさにあゆむ雨かな

【出典】『桐の花』薄明の時・Ⅲ浅き浮名

（大意）桐の花を濡《ぬ》らして雨が降っている。その雨に濡れながらかわいらしい半玉が泣きだしそうに歩いている情景を詠んだ歌。

半玉は一人前の芸妓《げいぎ》になる前の少女。桐の花が薄紫にけぶる初夏の雨の中、今にも泣きだしそうに歩いている。泣いたらお化粧《けしよう》がくずれてしまう。少女は懸命《けんめい》に涙を堪《こら》えているのだろう。「たんだ振れふれ六尺袖《ろくしやくそで》を」との囃《はや》*しことば風の詞書が付されているが、長唄の「元禄花見踊り」の歌詞の一部から採《と》ったもの。「たんだ」は「ただ」の意。「六尺袖」は一尺五寸（約四十五センチ）の袖。彼女のお座敷での舞姿《まいすがた》が連想されると同時に、雨の中、

【初出】「創作」明治四十四年七月

＊囃しことば―歌詞の意味には関係なく、調子をとるための詞。

袖を揺《ゆ》らして早足に歩む姿も浮かんでくるのではなかろうか。少女は何故泣いているのだろうか。誰かに苛《いじ》められたの？　故郷のお母さんが病気なの？　それとも……

この歌と面白い対照を示す歌が「雨のあとさき」の章に収められている。

二階より桐の青き葉見てありぬ雨ふる街《まち》の四十路《よそぢ》の女

桐の花は散り、季節は梅雨《つゆ》。二階から雨にぬれる葉を見つめる年増女《としまおんな》は、何を思っているのだろうか。「四十過ぎた世帯くづしの仲居が時折わかい半玉のやうなデリケエトな目つきするほどさびしく見られるものはない」というのは「桐の花とカステラ」の一節だが、この四十路女も帰らない若き日を思い出し、一瞬《いっしゅん》少女に戻っているのかもしれない。半玉の未来の姿がこの女かもしれないと想像してみると、幸薄《さちうす》い女の半生《はんせい》が物語のように浮かんでくる。

江戸趣味、花柳界《*かりゅうかい》、芸者や遊女、年増女、放蕩《*ほうとう》の悲しみ。『東京景物詩』の題材となった遊蕩《ゆうとう》の世界は『桐の花』にも歌われているが、淡《あわ》く、ほんのりと仕上げられている。

＊花柳界―芸者や遊女などの社会。
＊放蕩―酒や女にふけって品行が修まらないこと。遊蕩も同じような意味。

09

歎《なげ》けとていまはた目白僧園《めじろそうえん》の夕《ゆふべ》の鐘もなりいでにけむ

【出典】『桐の花』白き露台・Ⅰ春愁

（大意）今また鳴り始めた目白僧園の夕方の鐘の音が、まるで嘆《うれ》けとでも言っているかのように聞こえる。若き日の愁いを詠んだ歌。

【初出】「朱欒《ざんぼあ》」明治四十五年六月

「わかき日の路上にて」と詞書が付されている。鐘の音に促《うなが》された嘆《なげ》きとは、青春の嘆き、『桐の花』全編に溢《あふ》れる若さゆえの感傷と解釈しておこう。さて、鳴り響く鐘は仏教寺院の荘厳な音か、それともキリスト教会の異国的な音色《ねいろ》なのだろうか。「桐の花とカステラ」と共に、白秋のこの時代の美意識がうかがえる散文「昼の思」の中に、次のような一節が認められる。

私はただ馴《な》れ過ぎた俗人《ブルジオア》の詠歎《えいたん》を忌《い》む。されば日本の笛を取る心もちにもなほ鮮かなStrangerの驚異と感触を貴《たっと》み、目白僧園の鐘の音にアベマリアの晩鐘《ばんしょう》を忍ぶ伊太利亜《いたりあ》旅人の春愁《しゅんしゅう》を悟り、異国の菊の香に新しい流離の涙をそそぐピエルロチ*が秋の心をまたとなく懐かしむ。

彼が拒否する「馴れ過ぎた俗人の詠嘆」とは、たとえば梅の木に鶯を配するような、伝統的な美意識である。「凡ての因襲から逃れて常に新しい官能」の世界を求める白秋は、鶯を梅の木ではなく脳病院の窓辺《まどべ》に鳴かせたいと「昼の思」で語っている。日本的、伝統的なものに異国的な風物を重ね、そこに新しい美を見出《いだ》そうとしたのだ。これは白秋のみならず、木下杢太郎など「パンの会」のメンバーに共通する新たな手法《しゅほう》であった。従って、イタリアのカトリック教会の鐘に対する目白僧園の鐘は、仏教の寺院でなければならない。現在の文京区目白台に真言宗*の僧侶、雲照が設立した戒律学校との事である。響き渡るのは日本の鐘。しかしそれを聞いているのは、西洋の新しい芸術や思想に触れ、近代人ゆえの苦悩《くのう》を知る明治の新しい青年である。

＊ピエルロティ—フランス人の作家、ピエール・ロチのこと。明治時代に日本を訪れ、「お菊さん」などの作品を残した。

＊真言宗—空海（弘法大師）によって開かれた仏教の宗派。

10

病める児《こ》はハモニカを吹き夜に入りぬもろこし畑《ばた》の黄なる月の出

【出典】『桐の花』銀笛哀慕調・Ⅱ夏

病気の子供が吹くハモニカの音が聞こえ、いつしか夜になる。モロコシ畑の上には黄色い月が登る。

病気の子供が吹くハモニカ。その悲しげな音色《ねいろ》を想像するだけで、一幅《いっぷく》の絵が、背後《はいご》の物語と共に浮かんでくるだろう。病気ゆえに外に遊びにも行けず、友達もいない。たった一つの慰《なぐさ》めはハモニカだけ。その音に、モロコシ畑を渡る夏の夜風がハーモニーを奏《かな》で、さびしい子供を黄色い月が優《やさ》しく照らす。ちなみに「もろこし」（蜀黍・唐黍）とは、トウモロコシではなく、イネ科の植物。製粉して団子などにしていた。子供は縁側《えんがわ》にいて、夏の夜を

【初出】「スバル」明治四十二年九月

感じながら吹いているのだろうか。それさえもできず、病室のベッドでこっそりハモニカを取りだしたのか。あるいは、若山牧水《ぼくすい》*が鑑賞したように、一人モロコシ畑に佇《たたず》み、夜になったのにも気付《きづ》かずに吹き続けているのか。様々《さまざま》に想像はふくらんでいく。

『東京景物詩』に「露台《バルコン》」と題された作品が収録されている。白いバルコニーを舞台に、バルコニー自体を擬人化《ぎじんか》したとも解釈される「汝《な》」と呼びかけられた人物の幻想が、さまざまな香《かお》りと共に官能的に繰り広げられる。場所は「七月の夜の銀座」、「黄なる夕月」が上る。そのラストは「病める児のこころもとなきハモニカも物語《レヂエンド》のなかに起りぬ」の一行で締めくくられた。この作品と関連させて解釈するならば、洋館のバルコニーという舞台設定も考えられるかもしれない。

しかしそのような読者の自由な想像の広がりを、作者は歌集編集の際制限してしまった。「燕《つばさ》コツキリコ、畔道《あぜみち》やギリコ」という故郷のわらべ歌を詞書として付け加えたのだ。「コツキリコ」も「ギリコ」も、子供たちが燕《つばめ》をからかう囃《はや》しことばだという。つまり、この歌の背景は、田舎《いなか》の農村風景に限定されることになったのである。

＊若山牧水―明治十八（一八八五）～昭和三（一九二八）。白秋とも親交のあった歌人。

11

吾《わ》弟《おと》らは鳰《にほ》のよき巣をかなしむと夕《ゆう》かたまけてさやぎいでつも

【出典】『桐の花』銀笛哀慕調・II夏

（大意）夕陽の反照を受けながら、水鳥の鳰をからかって遊び騒いでいる弟達の子供らしい様子が歌われている。

鳰は「カイツブリ」という水鳥《みずどり》の古称で、古くから日本人になじみが深く、和歌にも詠まれてきた。水草を集めて巣を作り、それが水に浮んでいるように見えることから、「鳰の浮巣《うきす》」は哀《あわ》れな、不安定なものとして詠まれることが多い。しかしこの歌の場合、伝統的和歌の世界とは異なった情景が描かれている。実は「ケエヅグリの頭に火の点《ち》いた、潜《す》うんだら消えた」という詞書が付けられているのだが、これは作者の故郷、柳川《やながわ》のわらべ歌であ

【初出】未詳

る。「ケエヅクリ」とは「ケツグリ」とも言い、鳰の柳川方言。白秋の『お*話・日本の童謡』の中には、次のように語られている。

私の国の柳河*では、あの夕焼がまた、川やお堀に紅《あか》く映ります。（中略）しだれ柳のかげに真菰《まこも》や葦《あし》が茂つて、そのところどころには紫のあやめや、白い菱《ひし》の花や、黄色い河骨《こうほね》の花や、薄紫のウオタア・ヒヤシン*スなどが咲いたり莟《つぼ》んだりしてゐます。その流れに、ケツグリといふ小さな水鳥の頭がポツリポツリと浮んだり、潜つたりしてゐます。そのケツグリはたいがい二羽か四羽か連《つれ》になつて出てゐるものですが、その豆の様な頭が水の上に出ると、それは奇麗《きれい》に紅《あか》く夕焼に映ります。火でもついた様に。それをみんなで囃したてるのです。

ケツグリの頭に火《ひ》んちいた。
すんだと思つたら、ケエ消えた。

「火んちいた。」は火がついた。「すんだ。」はもぐった。「ケエ消えた。」はかき消えたで、消えてしまったといふ事です。お分かりでせう。すると慌てて、ケツグリが水の中に潜つてしまふのです。また出ると、また噺し立てるので、また潜つてしまひます。ほんとに面白かつた

*お話・日本の童謡―日本の伝統的なわらべ歌の子供向け解説書。大正十三年（一九二四）十二月に刊行。なお、引用部分と同様の説明が童謡論集『緑の触角』にも見られる。

*柳河―元来はこのように表記する。昭和二十六年（一九五一）、合併した柳川町が成立した際に、「柳川」という表記に改められた。現在は柳川市。

*ウオタア・ヒヤシンス―水草のホテイアオイの英名。

ものです。

白秋の故郷は九州の福岡県、有明海《ありあけかい》に面した小さな地方都市柳川である。江戸時代は立花氏十万九千六百石余の領地で、城を取り囲んで幾重《いくえ》にも水路が張り巡《めぐ》らされ、現在も川下《かわくだ》りを楽しむ観光客が多く訪《おとず》れている。彼の生家《せいか》はその水路の終点、沖端《おきのはた》という漁師町にあった。この歌は水郷・柳川の子供たちが鳰を囃したてて遊ぶ情景を詠んだもので、「かなしむ」は「愛しむ」の字をあて、いとおしむという意味。後に「鳰のよき巣に火の点《つ》くと」と、わらべ歌を踏まえた形に改められている。鳰の頭ではなく、巣に夕日が反射していると捉えたのは、「鳰の浮巣」という慣用句《かんようく》からであろうか。白秋には鉄雄と義雄の二人の弟がおり、子供時代の回想か、十一歳下の義雄の今の姿を詠んだものかは判じ難いが、回想と取っておきたい。

鳰のわらべ歌はよほど白秋のお気に入りだったらしく、『思ひ出』の「かきつばた」という詩の中にも取り入れられ、さらに童謡*にも登場することになる。

　鳰《にイほ》の浮巣《うきす》に灯《ひ》がついた、
　灯《ひ》がついた。

＊童謡―「鳰の浮巣」（「赤い鳥」大正八年六月）『とんぼの眼玉』収録。

あァれは蛍《ほたる》か、星《ほし》の尾《を》か、
それとも蝮《まむし》の目《め》の光《ひかり》。

蛙《かはづ》もころころ啼《な》いてゐる、
啼《な》いてゐる。

ねんねんころころ、ねんころよ。
梟《ふくろ》もぼうぼう啼《な》き出《だ》した。

歌そのものには「ケエヅグリの頭に火の点《ち》いた」と囃したてる子供たちの声しか歌われてはいないが、作品の背後には夕闇の中に沈みつつある色とりどりの水辺の植物と真っ赤な夕日が浮かび上がり、いかにも『桐の花』らしい鮮《あざ》やかな色彩の世界が展開されている。

12

廃《すた》れたる園《その》に踏み入りたんぽぽの白きを踏めば春たけにける

【出典】『桐の花』銀笛哀慕調・II夏

故郷の廃園に入り、白い綿毛《わたげ》となったたんぽぽの花を踏み、しみじみと行く春の悲しみを感じる。

【初出】「スバル」明治四十二年九月

前項の鳰の歌を含む「銀笛哀慕調・II夏」には、「郷里柳河に帰りてうたへる歌」という詞書が添《そ》えられている。その冒頭に置かれたのがこの歌である。「たける」とは盛りの状態、時期を過ぎるということ。春が盛りを過ぎた初夏晩春の季節である。

白秋の生家は福岡県山門《やまと》郡沖端《おきのはた》村(現・福岡県柳川市)で、海産物《かいさんぶつ》問屋や酒造業を営む富裕《ふゆう》な商家《しょうか》であった。その家の長男として大切に育まれ、彼は幸福な幼少年期を過ごした。しかし明治三十四年（一九〇一）三月三十一日、火事で酒蔵《さかぐら》を焼失、その後一時は盛り返したものの、家業は徐々に傾きつつあった。本来家督《かとく》を相続すべき白秋は同三十七年（一九〇四）上京し、新進詩人として己《おのれ》の道を突き進んでいる。この歌は、四十二年（一九〇九）六月帰郷した際に詠まれたと推測される。「廃れたる園」と春の盛りを過ぎた白いたんぽぽの綿毛に、生家没落の予兆《よちょう》が感じられるのではなかろうか。足で踏めば、たよりなくフワフワと綿毛は飛び散ったであろう。そして、この年の年末、白秋は再度帰郷。「生家破産のため急遽帰郷」と年譜は伝える。やがて北原家の人々はたんぽぽの綿毛のように寄る辺《べ》ない身の上となり、故郷を離れ白秋の住む東京へと吹き寄せられることになる。詩集『思ひ出』の序文「わが生ひたち」では、もう帰ることのない故郷柳川を次のように悲しく綴《つづ》っている。

私の郷里柳河は水郷である。さうして静かな廃市《はいし》の一つである。自然の風物は如何《いか》にも南国的であるが、既に柳河の街を貫通する数知れぬ溝渠《ほりわり》のにほひには日に日に廃《すた》れてゆく旧い封建時代の白壁が今なほ懐かしい影を映す。肥後路《ひごぢ》より、或は久留米《くるめ》路より、或は佐賀より筑後川の流《ながれ》を超えて、わが街に入り来る旅びとはその周囲の大平野に分岐して、遠く近く瓏銀《ろうぎん》（注・明るい銀色）の光を放つてゐる幾多《いくた》の人工的河水《かすい》を眼にするであらう。さうして歩《あゆ》むにつれて、その水面《みなも》の随所《ずいしょ》に、菱《ひし》の葉、蓮《はす》、真菰《まこも》、河骨、或は赤褐黄緑その他様々の浮藻《うきも》の強烈な更紗《さらさ》模様のなかに微かに淡紫のウオタアヒヤシンスの花を見出すであらう。（中略）静かな幾多の溝渠《ほりわり》はかうして昔のまゝの白壁に寂しく光り、たまたま芝居見の水路となり、蛇を奔《はし》らせ、変化多き少年の秘密を育《はぐく》む。水郷柳河はさながら水に浮いた灰色の柩《ひつぎ》である。

「廃市」とは、廃《すた》れたまちという意味で、「水に浮いた灰色の柩」は衰退した水郷を死者を納める柩にたとえた表現。このような滅《ほろ》びと死のイメージは「廃園」に呼応する。「たける」という語にも、やはり衰退が暗示されているだろう。初出では「廃れたる園に踏み入る哀愁《かなしみ》はなほしめやかに優しけれども」と歌われていたが、「哀愁」という直接的な言葉を避け、白い綿毛のみになったたんぽぽを配することで、衰退と哀感《あいかん》をより情趣的に表現することになった。『思ひ出』には自殺した親友の亡骸《なきがら》を運ぶ情景を綴った「たんぽぽ」という詩も収められているが、そこにもまた「ふはふはと飛ぶたんぽぽ

の／円《まる》い穂《ほ》の毛」が歌われている。可憐《かれん》な春の花たんぽぽは、白秋にとって
は悲しみの花とも言えよう。

あかき血しほはたんぽぽの
ゆめの逕《こみち》にしたたるや、
君がかなしき釣台《つりだい》は
ひとり入日にゆられゆく……
あかき血しほはたんぽぽの
黄なる蕾《つぼみ》を染めてゆく、
君がかなしき傷口《きずぐち》に
春のにほひも沁み入らむ……

あかき血しほはたんぽぽの
昼のつかれに触《ふ》れてゆく、
ふはふはと飛ぶたんぽぽの
円い穂の毛に、そよかぜに……

（下略）

13

我つひに還《かへ》り来にけり倉下《くらした》や揺るる水照《みでり》の影はありつつ

【出典】『夢殿』上巻・郷土飛翔吟《ひしょうぎん》・柳河・沖ノ端篇

ついに帰ることのできた故郷の風景は昔のまま、水路沿いに立ち並ぶ白壁の倉の庇《ひさし》の内には、反射する水の影が揺らめいている。

【初出】「香蘭」昭和五年三月、「多磨」昭和十四年七月

昭和三年（一九二八）七月、白秋は十九年ぶりに故郷柳川を訪れることになる。当時まだ珍しかった航空機に搭乗《とうじょう》し、上空より見た紀行文を執筆するという「芸術飛行」の依頼を「大阪朝日新聞」より受けたためである。白秋は福岡から大阪までの区間を担当し、妻と長男隆太郎を伴《ともな》って帰郷、七月二十三日に柳河上空を飛行した後、翌日大阪に向った。

この時白秋は四十三歳、もはや『桐の花』の新進歌人ではない。大正初期

の混迷期を抜け、大正七年（一九一八）八月創刊の児童文学雑誌「赤い鳥*」を基盤として童謡詩人として活躍、広い人気を得て、多くの創作民謡でも知られていた。歌人としても旺盛《おうせい》な活動を続け、歌壇の中心勢力に成長した写生を理念とする「アララギ*」派とは一線を画《かく》した、独自《どくじ》の世界を築く。「日光*」（大正十三年創刊）や「近代風景*」（大正十五年創刊）といった雑誌にも関わり、今や詩歌界の重要人物である。家庭生活でも、二人の女性との別れを経《へ》て、大正十年に菊子夫人と結婚。一男一女の父として、充実と安定の中にいた。

　国を離れ、帰るべき家をも失つてから、いつとなく二十年の永い歳月が流れてしまつた。（中略）詩を以《も》つて世に立つて以来、私は一度も私の生れの里に還らなかつた。還られない切ない義理が私を責めた。父の莫大な債務を承け継いで、未だに果たせない物質に恵まれることの少ない詩人の私には、郷関にただ僅かの錦をかざることすらも憚《はばか》らねばならなかつた。（中略）郷土訪問飛行！　この機会だ。ああ、私は感謝する。故郷の山河よ人々よ、許してくれ、私は空中から、空中から絶えて久しい切なる挨拶を投げる。私は私の愛する筑紫《ちくし》の大平野に還つて来た。水

＊「赤い鳥」―鈴木三重吉によって創刊され、芥川龍之介、有島武郎などの著名な作家もこの雑誌に童話を発表した。

＊「アララギ」―明治四十一年（一九〇八）十月に創刊された短歌雑誌。正岡子規の没後、彼の弟子たちが集まって創刊された。

＊「日光」―短歌雑誌。党派を越えて多くの文学者が寄稿した。白秋はその中心人物。

＊「近代風景」―白秋主宰の詩歌を中心とする芸術雑誌。

郷柳河に、秀麗なる雲仙《うんぜん》ヶ《が》嶽《たけ》の紫を映す有明の海のほとりに還つて来た。

紀行文「柳河へ柳河へ」には、生家破産に伴う、帰りたくても帰れないつらい事情が明かされている。この後白秋はさらに三度故郷の土を踏むが、まだ存命中の両親は一度も同道《どうどう》しなかった。北原家と故郷との間に残る複雑な事情が察せられる。その故郷へついに帰還《きかん》を果たす高揚《こうよう》した心は、熱狂的な文章で綴られ、さらに多くの短歌を産んだ。昭和十四年（一九三九）十一月刊行の歌集『夢殿《ゆめどの》』に「郷土飛翔吟」としてまとめられる作品群である。

この歌は、「水路舟行《しゆうこう》」と題された十二首の中の一首で、掘割《ほりわり》の情景を詠んだものである。「水照」とは、水面に反射する光を意味するのであろうか。「倉下」には「倉の庇の内らの壁」と注が付されており、「我が生ひたち」にも「日に日に廃れてゆく旧い封建時代の白壁」と綴られていた土蔵造りの倉の白壁に、水面を反射《はんしや》する夏の光がチラチラと揺《ゆ》れ動く様を見、故郷への帰還を果たしたという思いを噛《か》みしめているのであろう。今、彼の生家《せいか》近くにこの歌の歌碑がある。他にも次のような歌が詠まれた。

水のべは柳しだるる橋いくつ舟くぐらせて涼しもよ子ら

橋ぎはの醤油竝倉西日さし水路は埋《うづ》む台湾藻の花

橋の側に植えられたしだれ柳、その下を舟を潜《くぐ》らせて遊ぶ子供たちに涼しい風が吹き、西日を受けて立ち並ぶ醤油倉沿いの水路には台湾藻の花が咲き乱れている。台湾藻とはホテイアオイの方言。夏に藤紫の花を咲かせ、ウォーターヒヤシンスという英名で、白秋の作品中の随所《ずいしよ》に取り上げられている。川下りを楽しむ柳川の観光客は、「柳河は城を三《み》めぐり七《なな》めぐり水めぐらしぬ咲く花蓮《はなはちす》」と歌われたそのままの情景を、いまでも充分に偲《しの》ぶことができるであろう。

14

かいつぶり橋くぐり来《こ》ぬ街堀《まちぼり》は夕凪《ゆうなぎ》水照《みでり》けだしはげしき

【出典】『夢殿』上巻・郷土飛翔吟・柳河・沖ノ端篇

―街中の掘割の橋の下をカイツブリが泳いでいる。夕凪で水面は静かだが、夕日がまぶしく反照している。―

【初出】「短歌研究」昭和十四年八月

故郷に帰り、あの懐《なつ》かしい水鳥にも再会をはたした。柳川の子供たちが「ケエヅグリの頭に火の点《ち》いた、潜《す》うんだら消えた」と囃《はや》したてていた鳰《にほ》の鳥である。上空から昔馴染みの鳥を見つけた白秋は、「鳰だ、鳰、ケエッグリ〱」と子供のように叫ぶ。この時、飛行機からは五色のビラが撒《ま》かれたという。「今日、郷土訪問飛行を機として空の上より感謝の意を表し併せて皆様のご健康を切に御祈り申し上げます」と記されたそのビラには、11に紹介した「鳰の浮巣」の童謡が記されていた。まことに派手な帰郷である。

郷土出身の大詩人を柳川の人々は熱狂的に迎《むか》えた。「派手でおしやれで／奉《たてまつ》られることを露骨に好いてゐた」（「白秋先生」）と、＊室生犀星《むろうさいせい》は追悼詩《ついとうし》で語っているが、白秋がいかに得意の絶頂にあったか、推測されよう。直後に書かれた紀行文は昂奮のあまり、飛び跳《は》ねたような文章だが、「郷土飛翔吟」の短歌はいずれも抑制《よくせい》の効《き》いた表現の中に、故郷の風物と懐旧《かいきゅう》の思いが切々と歌われている。この歌も、静かな水面を泳ぐ鳥の姿を夕焼けの反照《はんしょう》の中に浮かび上がらせ、子供たちの賑《にぎ》やかな声が響きあう「吾弟《わおと》らは鳰《にほ》のよき巣をかなしむと夕かたまけてさやぎいでつも」の歌とは異なる、静謐《せいひつ》な世界が描かれている。と同時に「けだしはげしき」の結びに、真っ赤な夕焼けと白秋の複雑な思いが読み取れるであろう。

鳰を歌った歌をもう一首。


水の街棹さし来れば夕雲や鳰の浮巣のささ啼きのこゑ

＊室生犀星—明治二十二年（一八八九）〜昭和三十七年（一九六二）。詩人、小説家。白秋の主宰した雑誌から詩人としてデビューした。

15

雉子《きじ》ぐるま雉子は啼《な》かねど日もすがら父母《ちちはは》恋し雉子の尾ぐるま

【出典】『雀の卵』雀の卵・雉子《きじ》の尾・童の頃・柳河の玩具

（大意）玩具《がんぐ》の雉子車によせて、父母を慕《した》い求めている子供の心を詠んだ歌。

雉子車《きじぐるま》とは柳川に近い瀬高《せたか》（現・福岡県みやま市）にある清水寺《きよみずでら》で売っている伝統的なおもちゃである。松の木を雉子の形に切り出し、四個の車をつけ、赤と青とで彩色した素朴な郷土玩具だ。「雉子うま」とも呼び、九州には同趣《どうしゆ》のものが広く伝えられている。「郷土飛翔吟」にも「夏山は赤と青との雉子馬の清水寺も雨こめにけり」の歌が収められているが、この「雉子ぐるま～」の歌は、大正十年八月に刊行された第三歌集『雀の卵』*に収録され

【初出】「潮音」大正六年六月

*『雀の卵』に収録された―後に「父恋し母恋てふ子の

た。その際、「雉子ぐるまは筑後の清水観音にて売る。この古刹《こさつ》は＊行基《ぎようき》菩薩の開基にかかる。」云々と注が付される。現在この寺は＊最澄《さいちよう》が開いたとされているが、行基説も伝えられている。結論から言えば最澄も行基も単なる伝説で、建立《こんりゆう》の時代は定かではない。だが、白秋は行基説を信じており、この歌も行基の和歌、＊「山鳥のほろほろと鳴く声聞けば父かとぞ思ふ母かとぞ思ふ」（『＊玉葉《ぎよくよう》和歌集』巻十九）を本歌《ほんか》として成立したものである。山鳥はきじ科の日本特産種の鳥で、雉子によく似ているが尾が長い。本来は＊輪廻転《りんねてん》生《しよう》の教えを説いた歌とのことであるが、父母を慕《した》う子の心を詠んだものと解釈され、芭蕉の「父母のしきりに恋し雉子の声」の句はこの歌から生まれたとの説が流布《るふ》している。白秋の短歌もまた、雉子（＝山鳥）の鳴き声に父母を思うという芭蕉以降の伝統の中で、鳴かぬはずの玩具の雉子にさえ、父母を慕う心を見出しているのである。

　雉子ぐるまを思ふと子供の時の事が忍ばれる。昼は遊びにまぎれてもゐるが、日が暮れかかると急に父母の恋しくなつた童の心が恋しくなる。雉子ぐるま、雉子ぐるま、私もあの頃がなつかしい。（『洗心雑話』大正十年七月）

雉子は赤と青とに染められにけり」と改められ、清水寺の歌碑にはこちらの歌が刻まれている。

＊行基―奈良時代の僧侶。各地に様々な伝説を残す。

＊最澄―平安時代初期の僧侶、天台宗を開く。

＊「山鳥の～」―白秋ははじめ「ほろろうつ山の雉子の声きけば父かとぞ思ふ母かとぞ思ふ」としていたが、のちに「ほろほろと鳴く山鳥の声聞けば父かとぞ思ふ母かとぞ思ふ」に改めた。近代の文献では、このように一句目と二句目を取り替えた形がよく見られる。

＊玉葉和歌集―十四番めの勅撰集。正和一年（一三一二）完成。

＊輪廻転生―仏教用語。迷いの世界で生死をくり返すこと。

この文章が最初に発表されたのは大正七年であるが、このころから彼はしきりに「童《わらべ》の心」「童心《どうしん》」を口にするようになる。子供の心の本質は素直に父母を慕う心にある。それは聖人《せいじん》が神や仏を敬う心に通じる。なぜならば、父母も神仏《しんぶつ》も命の源であるからだ。白秋は神仏を宇宙や自然と同義に捉えているが、生命の源を素直に慕《した》い敬う心は、詩歌の心とされ、独特の詩歌論が展開されることになる。

ともあれ、大正七年八月、「赤い鳥」が創刊される。純粋な「童心」を信じ、それを芸術によって育《はぐく》むことを理想とした児童文学雑誌である。白秋は童謡欄を担当し、そこから近代を代表する童謡詩人へと飛躍する。創刊号に発表した二篇の童謡のうち一篇は、「雉《きじ》ぐるま」であった。

雉《きイじ》、雉《きイじ》、雉《きじ》ぐるま、
お雉《きじ》の背中《せなか》に積《つ》むものは、
子雉《こきじ》、子々雉《ここきじ》、孫《まご》の雉《きじ》。

雉《きイじ》、雉《きイじ》、雉《きじ》ぐるま、
お雉《きじ》のくるまを曳《ひ》くものは、

子鳩《こばと》、子々鳩《ここばと》、孫《まご》の鳩《はと》。

雉《きイじ》、雉《きイじ》、雉《きじ》ぐるま、
雉《きじ》は子《こ》の雉《きじ》、父恋《ちゝこひ》し、
鳩《はと》は子《こ》の鳩《はと》、母恋《はゝこひ》し。

雉《きイじ》、雉《きイじ》、雉《きじ》ぐるま、
雉《きじ》はけんけん、鳩《はと》ぽつぽ、
啼《な》いてお山《やま》を今朝《けさ》越《こ》えた。

16

垂乳根《たらちね》の母にかしづき麻布やま詣《まう》でに来れば童《わらはべ》のごと

【出典】『雀の卵』雀の卵・雉子の尾・麻布山

母のお供をして麻布山善福寺に参詣すると、私も子供の頃に戻ったような気がする。

【初出】「潮音」大正六年三月

随筆集『童心』（大正十年六月）に収録された「麻布山」には、「大正五年二月さる日の記録」として、次のようなエピソードが綴られている。

寒い冬の日が傾《かたむ》きかける頃、煙草《たばこ》を買いに出た白秋はお使い帰りの母に出会い、今更《いまさら》ながら母のやつれ様《よう》に気付く。故郷にいた頃はちょっとした外出にもお供が従った母が、「よくもかうしたみじめな姿をなすつて」と思うと「私はお気の毒で見てゐられない」。連れ立って帰路《きろ》につく途中、麻布山善福*

＊麻布山善福寺—東京都港区元麻布にある浄土真宗の寺。

寺に立ち寄り子供たちの遊ぶ姿を眺《なが》める。「しばらく見入つてゐると、私も子供のやうな気持ちになる」。そして思い起こされるのは無邪気《むじゃき》な子供の頃。「私は生まれたままで、すぐに泣いたり、笑つたり、癇癪《かんしゃく》を起こしたり、ほんとにいつも可愛いトンカジヨン（注・白秋の幼い頃の呼び名、大きい坊ちゃん）だつたさうな」。そっと笑って母を見ると、母もまた笑っている。「大方私と同じやうに私の子供の時の事でも思ひ出して、お笑ひになつたらしい。さう思ふとたまらず私も母上がなつかしくなる」。雀を眺め、銀杏《いちょう》を拝み、子供たちも皆帰った夕暮れの道を母と子は家路につく。

末尾には「垂乳根と詣でに来れば麻布やま子供あそべり御仏《みほとけ》の前」「垂乳根にひと日かしづき麻布やまをろがみ居れば幼子のごと」「掌《て》を合せ母のおがます麻布やまわれもおがまな御仏の前」の三首が記されているが、二首目を推敲《すいこう》の後、この歌が成立したと考えられる。「垂乳根」は「母」や「親」にかかるよく知られた枕詞《まくらことば》。歌集では、長歌「麻布山」の反歌《はんか》四首の中に含まれている。故郷を捨て東京に身を寄せる北原家の人々は、当時麻布坂下町で暮していた。頼るべき長男の白秋に定まった収入はなく、弟鉄雄と設立した出版社阿蘭陀《おらんだ》書房も儲《もう》けにはならない。豊かな柳川時代とは比べものにならない生活の中で、彼は多くの父母の歌を詠んでいる。
この歌が収録された歌集『雀の卵』は「葛飾閑吟集《かつしかかんぎんしゆう》」「輪廻三鈔《りんねさんしょう》」「雀の卵」の三巻からなる合巻歌集で、大正三年（一九一四）から六年（一九一七）にかけての生活を題材としている。歌集名ともなった「雀の卵」の章には大正四、五年の生活が描《えが》かれているが、随筆集『雀の生活』（大正九年二月）によれば、雀の姿だけに慰めを見出す、貧しい生活が続いたという。

麻布にゐました頃は随分と私達は惨《みじ》めでした。それでも私は人から貰つた碧山上人の竹に雀の破れ軸を何よりの慰めとしてゐました。それは墨画の一羽の雀が、竹の笹葉に遊んでゐる、それだけの簡素なものでしたが、それを掛けて眺めてゐると、いかにも雀が遊んでゐるやうな喜びと小踊りとが生き返つて来ました。私は朝も晩も、ぽつねんと坐つては、その雀ばかりと親しんでゐました。時たまに父も母も、その軸の前に坐つて、しげ〳〵と眺め入つてゐた事もありましたが、それは大方生活向《くらしむき》の悔み話も尽きはてた時の仕方のないありのすさびの諦めでした。私も貧しい親達のうしろから、しげ〳〵と眺め入つては、親達と亦同じやうに、声一つ立てませんでした。軸をはづしたところで、壁には大きな孔が開いてゐたのです。涙も出はしません。

このような生活のなかで「雉子の尾」の章には父母や故郷柳川、さらに子供時代を回想した歌が多く収められ、特色を出している。雉子ぐるまの歌もこの歌も、「雉子の尾」の章に含まれているが、白秋自筆の挿絵《さしえ》の中には、太鼓橋《たいこばし》の上の子供たちと川を泳ぐ水鳥が配された図柄も見受けられ、明らかに鳰《にお》のわらべ歌と11の「吾弟《わおと》らは〜」の短歌の世界を描いたと思われる。一家が身を寄せ合うような生活が、老いて苦労する父母への思い、もう帰れない故郷への郷愁、幸福だった子供時代への懐旧《かいきゅう》の情を募《つの》らせ、このような作品群を生み出したと言えよう。多くの使用人を抱え、忙しく働いていた北原家の両親。乳母《うば》育ちの白秋は、この頃初めて家族だけの生活を体験していたのである。この後、最後の歌集に至るまで、白秋は折に触れて年老いた両親の姿を詠んでいる。

17

いつまでか貧しき我ぞ三十路《みそぢ》経て未だ泣かすかこの生みの親を

【出典】『雀の卵』雀の卵・雉子の尾・父の嘖《ころ》び

【初出】未詳

（大意）三十歳を過ぎても貧しいまま、未だに生みの親に苦労をかけ、泣かせてばかりいる自責の思いを吐露した歌。

家族が寄り添う貧しい生活は、長男の白秋に深い自責の念をもたらす。本来ならば彼が北原家を支え、両親に老後の安楽な生活を与えねばならないのに、「しみじみと眼を見合せて親と子が貧しかりけり飯をひろへる」といった、困窮生活に追いやっているのだ。

ところで、当時の北原家はどれほど困っていたのだろうか。13で引用した「柳河へ柳河へ」によれば、故郷に借金を残していた。原稿料は生計を支えるには足りない。大正四年（一九一五）四月に、弟鉄雄と共に出版社阿蘭陀書房《おらんだ》を立ち上げ、末弟の義雄もそこで働いたが、その年の内に経営は苦しくなった。出版事業は北原家を救ってはくれなかったのである。しかし、この出版社、極めて贅沢《ぜいたく》な本作りに挑戦している。四月に創刊した雑誌「ＡＲＳ」は「芸術雑誌」と銘打《めいう》ち、凝った装丁《そうてい》の高価なものであった。白秋の詩集『わすれなぐさ』では宝石を使った特別装丁本を企画するなど、発想は貧乏人のものではない。勿論予約は集まらず、阿蘭陀書房が短命に終ったのは当然といえよう。

つまり、短歌に繰り返されている「貧しさ」は、金の事など気にしない芸術家としての誇りを持った生活ができない、といった程度ではなかろうか。金儲《かねもう》けに専念していれば貧乏を嘆かなくてもよかったかもしれない。「未だ泣かすかこの生みの親を」という自責の思いは、白秋があくまでも芸術家としての生き方を選択した結果であった。

18

老いらくの父を思へばおのづから頭《こうべ》ふかく垂れ安き空しなし

【出典】『雀の卵』輪廻三鈔・別離鈔・この父この母この妻

老いた父を思うと自責の思いから自然に頭を垂れてしまう。この空の下には、安らかな思いを抱ける場所もないのだ。

【初出】「文章世界」大正六年十月

この歌もまた、親への自責の念を告白した内容となっている。しかし、前の歌と同じように、ただ単に生活の貧しさを嘆き、親不孝を詫《わ》びた歌ではない。実は複雑な事情が隠されているのだ。

収録されているのは歌集『雀の卵』の別の巻、「輪廻《りんね》三《さん》鈔《しょう》」。大正三年（一九一四）夏、最初の妻との離別前後の生活を題材とした作品群で、「流離鈔《りゅうりしょう》」「別離鈔《べつりしょう》」「発心抄《ほっしんしょう》」の三部に分けられ、妻と共に移り住んだ小笠原からの帰京、妻との離別、その後の苦悩と宗教的開眼のストーリーが歌物語的に構成されている。この歌に明かされた父を思う心情は、どうやら妻との別れに関わっているようだ。歌集全体の序文とは別に、「輪廻三鈔」の序が付されており、そこにすべての事情が明かされている。

大正三年六月、我未だ絶海の離嶋《りとう》小笠原にあり。妻は曩《さき》に一人家に帰り、すでに父母《ちちはは》とよろしからず。七月我更に父母の許《もと》に帰り、またわが妻とよろしからず。我は貧し、貧しけれども、我をしてかく貧しからしめしは誰ぞ。而《しか》も世を棄て名を棄て、更に三界《さんがい》を流浪《るらう》せしめしは誰ぞ。我もとより貧しけれど天命を知る。我が性玉の如し。我はこれ畢竟《ひつきやう》詩歌三昧《しいかざんまい》の徒、清貧もとより足《た》る。我は醒《さ》め、妻は未《いま》だ痴情の恋に狂ふ。我は心より畏《おそ》れ、妻は心より淫《たは》る。我父母の為に泣き、妻はわが父母を譏《そし》る。行道念々《ぎやうだうねんねん》、我高きにのぼらむと欲すれども妻は蒼穹《さうきう》の遥かなるを知らず。我深く涙垂るれども妻は地上の悲しみを知らず。我は久《く》遠《をん》の真理をたづね、妻は現世《げんぜ》の虚栄に奔《はし》る。我深く妻を憫《あはれ》めども妻の為に道を棄《す》て、親を棄て、己れを棄つる能はず。真実二途なし。乃《すなは》ち心を決して相別る。その前後の歌。

その事情は後に説明するが、大正三年（一九一四）早春、白秋は妻と共に小笠原諸島の父島に移り住んだ。東京より南南東約千キロの太平洋上の離島である。六月には妻のみを東京に住む白秋の父母の家に帰し、数週間を一人小笠原で過ごした。しかし東京の家では妻と両親の関係が悪化し、七月に白秋が帰京した後は彼と妻もまたうまくいかなくなった。自分が貧しいのも、世の中や名誉を捨てて流浪の生活を送らねばならないのも、妻のためだ。彼女との関係悪化の理由を白秋は価値観の違いとして説明している。詩歌の世界に生き、貧乏に甘んじて芸術の道で高みを目指す彼に対し、妻は虚栄心を捨て切れず現世的な価値を求める。二人を結びつけた恋から白秋は醒《さ》めているのに、妻はまだその恋に溺《おぼ》れている。さらに、白秋が親を大事に思うのに対して、妻は舅《しゅうと》姑《しゅうとめ》をあしざまにけなす。妻には深い哀《あわ》れみの情を感じるが、妻のために芸術の道と親を捨てることはできない、と白秋は心を決したのである。

さて、白秋の妻はとんでもない悪妻だったようだが、「輪廻三鈔」の序文を読むと何とも言えない気分になってくる。私たちが知っている白秋は、豊かな色彩表現と、西洋と日本とを融合《ゆうごう》させた新鮮な美的感覚によって、若者の繊細な心の震えを歌った、『桐の花』の青年歌人だ。故郷の風物を懐かしく回想し、貧しさの中で父母を思う心優しい男でもあったはずだ。それなのに別れた妻の悪口を歌集の序文として公にするとは。一般的に考えて、男女関係のトラブルは一方だけが悪いとは言えないだろう。親孝行なのは認めるとしても、妻よりも両親を選んだというのも男としてどうだろうか。自分は詩歌の世界に没頭して生きる「詩歌三昧の徒」と自認しているが、こんな私*小説的なドロドロの世界が、白秋の芸術にふさわしいテーマなのだろうか。疑問は尽きない。

ともかくもこの妻と白秋がどのような経緯《けいい》で結びつき、別れるに至ったのか、知る必要があるだろう。

*私小説—作者自身の私生活を題材にした小説。多くは作者自身と思われる一人称の語り手が登場する。

19

垂乳根《たらちね》の母父《おもちち》ゆゑに身ひとつの命とたのむ妻を我が離《さ》る

【出典】『雀の卵』輪廻三鈔・別離鈔・この父この母この妻

（大意）一心同体、命とも思っていた妻との別れの歌。自分の父母のために離別した事情が告白されている。

【初出】「文章世界」大正六年一〇月

妻の名は旧姓福島俊子、明治四十三年（一九一〇）九月、白秋が隣に越してきた縁《えん》で知り合った頃は、結婚して松下という姓を名乗っていた。そう、すでに07で触れたように、白秋は人妻と恋をしたのだ。当時、姦通罪《かんつうざい》という法律があった。刑法一八三条、既婚女性の結婚外の性関係を犯罪として裁《さば》くものである。女性だけではなく相手の男性も罪に問われた。夫が被害を親告《しんこく》することによって成立するが、常識的に考えて、妻に浮気されたと警察に訴え出る夫がそう多くいるとは思えない。よほど話がこじれた場合のみだろう。白秋のケースはそれに該当《がいとう》した。明治四十五年（一九一二）七月、告訴《こくそ》された白秋は俊子共々拘置《こうち》され、弟・鉄雄の奔走《ほんそう》によって告訴は取り下げられ、二週間後に釈放された。新聞はこのスキャンダルを大々的に報道する。同年、母、妹、末弟・義雄、そして最後に父と、北原家の人々が次々と故郷を捨て上京していた。頼るべき長男のスキャンダルは一家にとって大きな打撃であり、白秋の自責の念もまた重かったであろう。ちょうど時代は明治から大正への転換点であった。

　釈放後、俊子との連絡は絶たれたが、この年の末には手紙が交《か》わされ、翌大正二年（一九一三）には再会、彼女との恋と収監体験《しゅうかんたいけん》を歌った「哀傷篇」を含む歌集『桐の花』を送っている。五月、俊子を伴い一家をあげて神奈川県三崎町（現・三浦市）に転居。籍《せき》こそ入っていないが（前夫との正式な離婚は成立していない）、彼女は北原家に嫁として認められたことになるだろう。三崎転居の理由は様々に考えられる。東京にいる文学関係者やマスコミの目から俊子を隠すため。柳川に残してきた借金の催促《さいそく》から逃れるため。心機一《しんきいっ》転《てん》、一家の新しい生活の道を模索《もさく》するため。父と弟は魚類仲買商《ぎょるいなかがいしょう》を始めるがうまく行かず、白秋と俊子のみを残して家族は東京に戻った。そして前述したように翌大正三年（一九一四）には小笠原に渡り、帰京後の夏に彼女と別れる。告訴から二年、俊子の問題と家族の問題を重く抱えて、実にめまぐるしい波乱の季節を白秋は駆け抜けたのである。

この歌の「身ひとつの命とたのむ妻」という言葉の重さは、このような背景を理解して、初めて納得できる。また、妻への思いと父母への思いが複雑に絡《から》み合う事情も了解されるであろう。結局白秋は妻ではなく、父母を選択した。「輪廻三鈔」の序には、未だ恋に狂い、現世的で虚栄的と彼女の欠点をあげつらっているが、「今さらに別るると云ふに恋しさせまり死なば死ねよと抱きあひにけり」といった歌に別れの苦悩が告白されている。いざ別れるとなったら俊子への恋しさがつのり、死ぬのなら一緒に死んでしまおうとまで思いつめ、抱き合ったという内容である。他にも次のような歌が詠まれている。

わが妻が悲しと泣きし一言は真実《まこと》ならしも泣かされにけり
三界に家なしといふ女子《をみなご》を突き出したりまた見ざる外《と》に

散々俊子に翻弄《ほんろう》された彼は、別れるのが悲しいと泣く彼女の涙を信じられない。だが、未練が残る男はその言葉につい泣いてしまう。また、未婚時代は親に、結婚後は夫に、年老いてからは子供に従うべきものとされ、この世界に安住の地がない女性を未知の世界へと放り出すことへの後悔もうかがえる。「輪廻三鈔」の序文では一方的に妻を批判した白秋だが、実は自身の未練とも戦っていたのである。

ところでこの歌は、離婚から三年も経過した大正六年（一九一七）に発表されている。この時彼は既に二番目の妻と共に暮らしていた。収録された歌集『雀の卵』はさらに四年後の大正十年（一九二一）の刊行。実はその再婚相手とも前年に離婚し、歌集刊行の四か月前に再々婚したばかりだった。俊子との別れを作品化するまでに要した時間は、彼にとってこの問題がいかに大きなものであったかを意味するだろう。ちなみに、初出の際には「哀傷篇結末」の総題が付けられ、「輪廻三鈔」の序文も付されていた。

20

かなしきは人間のみち牢獄《ひとや》みち馬車の軋《きし》みてゆく礫道《こいしみち》

【出典】『桐の花』哀傷篇・II哀傷篇

（大意）人間であるが故に犯してしまった恋の過《あやま》ちのために、監獄へ続く小石だらけの道を、軋《きし》むように揺れる馬車に乗せられて行く心境を歌った歌。

【初出】「朱欒」大正元年九月

姦通罪による収監体験は釈放直後に作品化され、『桐の花』の巻末、「哀傷篇」に収録された。「哀傷」とは悲しく深い物思いに沈むこと。既に見たように『桐の花』には青春の感傷を歌った歌も収録されていたが、それは取りとめのない情緒的な甘い哀しみであった。しかし、「哀傷篇」は法や社会的影響、家族や関係者の困惑といった重たいものを引きずっているのである。『桐の花』全体のトーンからはかなり異質で、それがために歌集の調和を乱しているとも取れる。だが、白秋は刊行を遅らせてまで、「哀傷篇」を自らの第一歌集に組み入れたのである。結果、『桐の花』は論議を呼ぶに足る深みと厚みを得たと言えるだろう。

既婚者との恋は、現在では道徳上の問題であるが、当時は刑法上の犯罪であった。白秋は窃盗《せっとう》や傷害の容疑者と同じ扱いを受けるわけである。容疑者は馬車で護送された。この小石だらけの道の果てには監獄が待っていて、彼は犯罪者として監禁される。それは「人間」であるがゆえに陥《おちい》った道なのだが、さて、白秋は「人間のみち」をどのように捉えていたのだろうか。

俊子との別離後、大正三年（一九一四）十二月に刊行された詩集『白金之独楽《こま》』に、「野晒《のざらし》」が収められている。姦通事件後の白秋の苦悩を論じる際、必ずといっていいほど引用される作品である。

死ナムトスレバイヨイヨニ
命恋シクナリニケリ、
身ヲ野晒《ノザラシ》ニナシハテテ、
マコトノ涙イマゾ知ル。

人妻ユヱニヒトノミチ
汚《けが》シハテタルワレナレバ、
トメテトマラヌ煩悩《ボンナウ》ノ
罪ノヤミヂニフミマヨフ。

二連目には、人妻のために人の道を汚した私は、煩悩《ぼんのう》を断つことができず、罪の闇路《やみじ》を迷っていると告白されている「野晒」の「ヒトノミチ」とこの歌の「人間のみち」が重なるのならば、白秋は道徳や法律といった人間として当然守るべき道から逸脱《いつだつ》したことを認め、罪びととして監獄に連れられていったということになろう。

しかし、「野晒」の初出は大正二年（一九一三）四月。その前月の俊子宛書簡にも原型が記されており、この時彼は既に彼女との結婚を決意していた。前後の書簡を読む限り、主体的な決断であり、迷いつつ流された末の結果ではない。「二人の恋を立派に仕遂げて、男らしく立派にみせつけてやる」（大正二年三月俊子宛書簡）と、決意を固めているのである。つまり、私は人妻ゆえに人の道を汚した、罪の闇路《やみじ》をさまよっているという言説《げんせつ》は、素直な罪の告白ではなく、むしろ反語的表現と捉えるべきではなかろうか。「野晒」発表当時、俊子は前夫との離婚がまだ成立していない。法的には、二人は再び姦通罪として告訴される可能性があるのだ。彼女への思いと結婚の決意を堂々と発表できるはずはない。そのような状況でのギリギリの反語的表現と解釈しない限り、俊子との未来を求めていた時期に、「野晒」が書かれた意味が見出せない。

とすれば「人間のみち」に白秋なりの罪の意識が隠されているのか、それとも単に「牢獄みち」「礫道」と語調を合わせるために付けられており、「人間とは悲しいものだ」といった程度の意味なのか、「哀傷篇」とそれ以後の作品を読み直し、総合的に考え直して見なければならないだろう。

21

編笠《あみがさ》をすこしかたむけよき君はなほ紅《あか》き花に見入るなりけり

【出典】『桐の花』哀傷篇・II哀傷篇

（大意）編笠を少し傾けて、監獄に咲く赤い鳳仙花の花を見つめている俊子の美しい姿が歌われている。

【初出】「朱欒」大正元年十月

「君」とは、もちろん共に収監された俊子を指す。「哀傷篇」の中扉《なかとびら》には白秋自筆の挿絵が添えられているが、編笠を被《かぶ》った横向きの女性の姿、まさしくこの歌に歌われた恋人の姿である。コートなどで顔を隠して護送される容疑者の姿を報道でよく目にするが、当時は古風な編笠が被せられた。添えられた献辞《けんじ》は「罪びとソフイーに贈る／『三八七』番」。ソフイーとは俊子の愛称、「三八七」は白秋の囚人番号である。馬車が市ヶ谷の未決監《みけつかん》に到着した直後の情景を歌った連作の中の一首。女が見つめていた赤い花とは、次に置かれた「鳳仙花《ほうせんか》紅く咲ければ女子もかくてかなしく美くしくあれよ」にもあるように、ホウセンカ、別名「爪紅《つまぐれ》の花」。昔、女の子たちはこの花を揉《も》んで赤い汁を爪につけ、赤く染まるのを楽しんでいたという。また、紡錘《ぼうすい》形《けい》の鞘に種子を付け、熟したものに触れると種ははじけ飛ぶ。これもまた、子供たちの無邪気な遊びであった。恋ゆえに捕らわれの身となった人妻は、鳳仙花を見つめながら、まだ恋を知らない幼い日を思い出しているのかもしれない。

そして男も、赤い花に慰《なぐさ》めを見出していた。「うれしや監獄にも花はありけり。／草の中にも赤くちひさく」との詞書を付けた、「しみじみと涙して入る君とわれ監獄《ひとや》の庭の爪紅の花」という歌が、二首前に置かれている。「哀傷篇」に登場する赤い花は、例えば「身の上の一大事とはなりにけり紅きダリヤよ紅きダリヤよ」の歌のように、不安や焦燥感《しょうそうかん》を煽《あお》り立て、時には狂気さえ感じさせるが、鳳仙花の赤は優《やさ》しい。

それにしても、一連の歌に歌われた女の姿は美しい。作品の中に場所は明示していないので、作られた背景を知らなければ、舞台の一シーンか、踊りの振り付けと感じるかもしれない。そしてこの演出に、作者は自覚的であった。大正二年（一九一三）一月と推定される俊子宛書簡には次のように記されている。

幸に私はあなたを美しいものに芸術化する事が出来る。凡《すべ》ては美しい見果てぬ夢となつて了《しま》つた今日私はあなたを何処までも世の人に美しい哀しい女として印象させて置きたい。（中略）「桐の花」一冊差上げる。これは私の涙と信実《しんじつ》とがこもつた歌集である。あなたも思ひ当る歌が沢山《たくさん》にあるだらう。私はこの編輯《へんしう》の間に真実に自殺と決した事もあつた。その歌集をあなたにおくる。あなたはこの中に美しい瞳を放《はな》つてゐる俊子その人を大切にして下さらねばならぬ。

完成した『桐の花』を彼女に送った際の手紙である。歌集は当初明治四十五年一月の刊行予定であった。既《すで》に遅れている第一歌集の刊行をさらに引き伸ばしても、白秋は「哀傷篇」を『桐の花』に組み入れねばならなかった。それは姦通罪という犯罪のレッテルを貼《は》られ、スキャンダラスに報道された自らの恋愛を、芸術作品として昇華するためであったと言えるであろう。従って、俊子は哀しく、美しい女として描かれなければならない。

様々な障害を乗り越えて一緒になった二人は、既に見たように、後に別れ、俊子は「わが父母を譏《そし》」り、「地上の悲しみを知らず」、「現世《げんぜ》の虚栄に奔《はし》る」と「輪廻三鈔」の序文で罵《ののし》られることになる。美しく芸術化された俊子は、次には悪妻として作品化されることになるのだ。白秋にとって姦通事件とは何かを考えるためには、そこまでの経緯を含めて見なければならない。

ともかくも、編笠を傾けて鳳仙花に見入る彼女の姿は、別れて後も白秋の脳裏《のうり》に焼きついていたようだ。「輪廻三鈔」の「別離鈔」に、「別後／追憶」と題して、次の歌が収められている。

浅編笠すこしかたむけ鳳仙花見入りてし子が細りうしろで

22

ふたつなき阿古屋《あこや》の玉をかき抱《いだ》きわれ泣きほれて監獄《ひとや》に居たり

【出典】『桐の花』哀傷篇・II哀傷篇

（大意）二つとない真珠のように貴いものを抱きしめながら、監獄で放心したように泣いている男の心情を詠んだ歌。

【初出】「朱欒」大正元年十月

阿古屋の玉とは真珠《しんじゅ》のこと。監獄の中で抱きしめている二つとない貴い真珠とは、何を意味しているのだろうか。

大正三年（一九一四）九月に短唱《たんしょう》集『真珠抄』が出版された。短唱とは、短歌や俳句の既成形式に縛《しば》られず、心の叫びを表現するために、この時のみ試みられた詩型である。主要な作品は三崎に滞在していた前年九月に発表されている。「潤《うる》ほひあれよ真珠玉幽《かす》かに煙れわがいのち」という巻頭作品の前に置かれた詞書には、「わが心は玉の如し」「真実はわが所念」とあり、真珠とは真実に溢れた自らの心の象徴ということになろう。さらに「玉ならば真珠一途なるこそ男なれ」や、『真珠抄』未収録の「恋は信実、不義密通と云はば言へ。玉なら真珠、ただひとつ」を参照するならば、その真実（信実）が一途《いちず》な恋を意味することは明らかだろう。人妻への一途な思いを抱きしめて、その思いゆえに入れられた監獄で泣きほれる男。「哀傷篇」の女が美しく芸術化されているように、男もまた純粋な存在として造形されているのである。

釈放後、自らの主宰する雑誌「朱欒《ざんぼあ》」大正元年九月号に発表された「わが敬愛する人々に」でも「小生が悲しいほど信実であったといふこと」「真に信実な感情の光」と、「信実（真実）」が強調されている。白秋にとっての「真実」とは何か。それは彼の恋愛だけでなく、芸術にとっても今後キーワードとなる。

23

いと酢《す》き赤き柘榴《ざくろ》をひきちぎり日の光る海に投げつけにけり

【出典】『桐の花』哀傷篇・Ⅲ続哀傷篇

柘榴を一口齧《かじ》り、あまりのすっぱさに引きちぎるように光る海に投げ捨ててしまった。

【初出】「朱欒」大正元年九月

出所後の心情を綴《つづ》った作品群の中の一首である。「木更津《きさらづ》へ渡る。海浜に出でて／あまりに悲しかりければ」との詞書が付されているが、大正元年(一九一二)八月十八日の書簡より、八月十六日に千葉の木更津を訪れ、十八日帰京したことが明らかになる。免訴《めんそ》の決定が下され、事件が一応終結して六日後のことであった。この歌の後には、次の二首が続いている。

松川といふ旅館に泊りぬ

白き猫あまたゐたりけり

白き猫あまたゐねむりわがやどの晩夏《ばんか》の正午《まひる》近まりにけり

驚きて猫の熟視《みつ》むる赤トマトわが投げつけしその赤トマト

海に柘榴を投げ入れ、眠る白猫の群にトマトを投げつける。共に衝動的な行動だったのだろう。苛立《いらだ》って不安定な心が見て取れる。しかし、作者の感情は「いと酢き〜」の歌の詞書に示されたように、悲しみである。ちなみに、「驚きて〜」の初出形は、下の句が「投げつけてわれもかなしくなれり」であった。そもそも何故木更津に行ったのか。その事情を明らかにする資料は残されてはいないが、「哀傷篇」に収録されている以上、釈放後の憂悶《ゆうもん》の末と推測される。真っ赤な、でも酸っぱい柘榴とは、口にしてしまった禁断の恋の比喩《ひゆ》であろうか？　投げつけられて汚らしく潰《つぶ》れたトマトは、スキャンダルにまみれた自身の恋に重ねられているのか？　「哀傷篇」の読者はそのような読み方をしてしまうだろう。しかし、彼が感じる「悲しみ」の内実を、歌は明かしてはくれない。短詩型文学の限界であろうか。

『桐の花』では「哀傷篇」の後に、二篇の散文が続いている。真夜中の白猫と奇怪な幻想と不気味な夢が綴られた「白猫」と、大正元年八月二十六日午後四時過ぎ、自宅の縁側で髭を剃りながら、事件を反芻《はんすう》してふさぎ込む様《さま》が描かれる「ふさぎの虫」。いずれも「朱欒」の大正二年（一九一三）一月号に発表されているが、後者は「朱欒」大正元年九月号編集の時点で既に書かれており、木更津の歌三首と極めて近い時期の心境が綴られている。ただし、「白猫」の方は、木更津松川旅館の白猫とは何の関係もない。

俊子への未練、二人が抜き差しならない状況に陥った経緯、世間の嘲笑、監獄でのエピソード、自殺の衝動、家族の心痛、「ふさぎの虫」にはそれらが雑多に詰め込まれ、狂気の一歩手前まで追い込まれた神経がむき出しになっている。白秋は後年、新版や全集版などあらゆる『桐の花』の再出版の際、ことごとくこの散文を削除しているが、その判断は肯《うなず》ける。「俺は苦しい、苦しい」「苦しい、苦しい、奈何《どう》かしてくれ」という余りにも直接的な叫び、最後の畳の上を転《ころ》げまわって笑い続ける「はははは…………」の繰り返しなど、芸術品たる『桐の花』にふさわしくはない。柘榴やトマトを投げつける衝動的でヒステリックな行動は、「ふさぎの虫」の混乱した世界に繋《つな》がるものであろう。「悲しみ」という一語には、説明のつかない様々な心の痛みが込められていたのであるが、その後の白秋の行動を考えると、次の一節に示された俊子への未練の情の深さが思われる。

も一度逢ひ度い……ハッとして眼を開《あ》けた、嘲笑《あざわら》ふやうに鶏頭が光る。

ほんとにあの鶏頭のやうな女だつた、お跳《はね》さんで嘘吐きで怜悧《りかう》で愚かで虚栄家《みえばう》で気狂で而して恐ろしい悪魔のやうな魅力と美くしい姿……凡てが俺の芸術欲を嗾《そその》かし瞞《たぶ》らかし、引きずり廻すには充分の不可思議性を秘《かく》して居た、縦《たと》へ、それが代々木の草原を飛びあるく白栗鼠の児のやうに或は陋《さも》しく或は軽浮であらうとも俺にはまた却てその無邪気と痴態とが萎《しほ》らしくも亦憐《いぢ》らしく思はれたのだつた……そればかりか俺も亦釣られて栗鼠のやうに飛びあるいた……而して遂《おしま》ひには二人とも監獄に堕ちて了つた……

ちなみに、「輪廻三鈔」「別離鈔」「別後／追憶」には、21に引用した歌の前に、次の歌が収められている。

代々木の白樫《しらかし》がもと黄楊《つげ》がもと飛びて歩《あ》りきし栗鼠《りす》の子吾妹《こわぎも》

24

煌《くわうくわう》々と光りて動く山ひとつ押し傾《かたぶ》けて来《く》る力はも

【出典】『雲母集《きららしゅう》』新生　序歌・力

光り輝きながら動く山がある。その山を押し傾けて来る力よ。

大正四年八月刊行の第二歌集『雲母集』*の巻頭を飾る作品である。19で既に述べたように、大正二年（一九一三）五月、白秋は父母弟妹と俊子を伴い神奈川県三崎に転居している。『雲母集』は翌年二月までの三崎生活の所産《しょさん》である。姦通事件の痛手から立ち直ろうとする新生活、序章が「新生」と題された意味は説明する必要もない。三浦半島の先端に位置する三崎は、温暖で風《ふう》光明媚《こうめいび》な漁村、現在でも日本有数の漁港である。陽光あふれる風土は、『雲

【初出】未詳

＊雲母―「うんも」。真珠光沢または金属光沢を持つ鉱物。「きら」「マイカ」。

母集』の世界に反映され、光の歌集とでも言うべき特質を与えている。題名となった雲母も、きらめく鉱物である。

山の背後から光が射《さ》しているのだろうか。その力に押されるように、山がこちらに動いてくるかのように感じられたという歌意であろう。『桐の花』収録歌のように、近代人の繊細な感性を技巧的に表現した作風ではない。かといって、見たままの自然を写し取ったものでもない。詠《よ》み手が見ているのはきらきらと光をあびて立つ山の姿。感じているのはその山を動かすような大いなるエネルギー。二つを一首に凝縮して、この歌は生まれたのであろう。六年後、第三歌集『雀の卵』の「大序」で次のように告白している。

恥を云ふと、私は「雲母集」で失敗した。「桐の花」で完成したものを思ひきつて破壊してかからうとした。あれは蛇皮を脱ぐの類で、一旦《いつたん》はあれ丈《だけ》の自己革命をやつて見ないと収まらなかつたのである。で、活気活力のみで何も彼《か》も無理押しに押し通さうとした。で、我見《がけん》がのさばり、自然相が極端まで強調され、言葉が事実以上に飛躍し過ぎてゐた。これに詩として表現すべきを強《し》ひて歌にした為《た》め一首一首に独立性を欠いた連作ものが出来上つた。後になつて稍《やや》しみじみとした処《ところ》に落ちつかうとしたが、兎《と》に角《かく》、あれは三崎の歌とは云へ、小笠原島の光耀燦爛《さんらん》たる麗空麗光麗色に眩暈《げんうん》して了《しま》つてからの作が多かつたので、何も彼も麗《うらら》かづくめで躍り跳ね過ぎてゐたのであつた。今から見るとたとへ甘くとも「桐の花」の方がずつとすぐれてゐた。

この歌に関して、「言葉が事実以上に飛躍し過ぎてゐた」という反省は肯かれる。もちろん、それは同時に魅力でもあって、このような躍動感は白秋の他の歌集には決して見出せない。

しんしんと湧きあがる力新しきキヤベツを内から弾《はじ》きとばすも

網の目に閻浮檀金《えんぶだごん》の仏ゐて光りかがやく秋の夕暮れ

自らを内側から弾《はじ》き飛ばすかのような、キャベツのみずみずしい新鮮さ。「*閻浮檀金」の仏と形容されたのは、夕日を浴びてぴちぴちと跳ねる漁網《ぎよもう》にかかった魚だろう。三崎の肥沃《ひよく》な土と輝く海が生み出した作品である。仏教用語が用いられ、次第に宗教性を色濃くしていくのも、この時期以降の特徴である。また、『真珠抄』と共に、明治四十四年に発見されたばかりの「*梁《りよう》塵秘抄《じんひしよう》」の影響も認められ、『雲母集』には次の歌も収められている。

ここに来て梁塵秘抄を読むときは金色光《こんじきくわう》のさす心地する

*閻浮檀金―仏教用語。閻浮《えんぶ》提《だい》という大陸の樹の下にあるという金塊、砂金。

*「梁塵秘抄」―平安時代末期に成立した歌謡集。後白河法皇撰。長い間その名のみが伝わっていたが、巻二が明治四十四年に発見され、翌年刊行された。

ところで、三崎歌集と称しながら、『雲母集』には共に暮した俊子を連想させる作品が極めて少ない。一般的にこの歌集は姦通事件の闇を脱し、再生した白秋の光の歌集と見られているが、彼が俊子との関係を引きずっている以上、姦通事件は完全に終わったわけではない。既に見たように、歌集『雀の卵』に至って、ようやく彼らは自らの過去を清算できたのだ。とすれば、『雲母集』の光と力はかりそめのものに過ぎなかったと考えることもできよう。有体《ありてい》に言えば、白秋は強がっていたのだ。それが後にこの歌集を自ら否定する結果を生んだのではなかろうか。そして俊子の存在は彼が抱える現在の混沌《こんとん》とした問題であり、従って文学として作品化できなかったということになろう。

勿論、背後にどのような事情が潜《ひそ》んでいたとしても、『雲母集』の歌が持つ独特の魅力が色あせることはない。

25

飛びあがり宙にためらふ雀の子羽《は》たたきて見居《を》りその揺るる枝を

【出典】『雀の卵』葛飾閑吟集・葛飾前歌・雀子嘻遊

雀の子が枝から飛び上がった。空中でためらうように羽ばたきながら、揺れている枝を見ている。

『雲母《きらら》集』の失敗を自覚した白秋は、じっくりと対象を観察し、それを的確な言葉で表現すべく修養《しゅうよう》の日々を送ることになる。まずは俊子との別離後、淋しく貧しい生活の中で出会った雀を歌う。それらの作品は『雀の卵』の「雀の卵」の巻にも多く収録されているが、こちらは「葛飾閑吟集《かつしかかんぎんしゅう》」の巻頭、「葛飾前歌」の総題下に収められた。「葛飾閑吟集」は、江口章子《あやこ》と結婚し*葛飾《かつしか》に暮した大正五年（一九一六）五月から翌年初夏に至る生活が題材とな

【初出】未詳

＊葛飾―千葉県東葛飾郡真間、後に東京府下南葛飾郡小岩村に転居。

っている。「巻末解説」によれば、「葛飾前歌」は転居の前年、葛飾に遊んだ際に材を得たという。連作で、二作目は次の歌。

飛びあがり宙に羽たたく雀の子声立てて還《かへ》るその揺るる枝に

連作として読めば、雀の子が飛び上がってためらった後、鳴きながら元の枝に戻る一連の動きがスローモーションのように浮んでくる。単独で味わっても、可愛らしさの中に落ち着いた趣《おもむき》の、淡彩《たんさい》の絵が仕上がるだろう。二首目の原型は大正五年一月の「アララギ」発表「雀と蓮花」八首の中に発見される。前年八月に『雲母集』を刊行した後、短歌の発表が完全に途絶《とだ》えていたが、正月よりおびただしい歌作が「潮音」「アララギ」等の誌面を飾り、それらの多くは後『雀の卵』「雀の卵」の巻を構成することになる。16に引用した随筆、『雀の生活』にも示されたように、まさしく雀のモチーフは、白秋が『雲母集』を乗り越え、次に進むための第一歩だったのである。

しら玉の雀の卵寂しければ人に知られで春過ぎむとす

「雀の卵」の序歌《じょか》として収められたこの作品と、同じく鳥の巣の中の卵を詠んだ「煌々と光りて深き巣のなかは卵ばつかりつまりけるかも」という『雲母集』の歌を比較すれば、白秋の歌境《かきょう》の変化は明らかとなる。二首とも鳥の巣と卵を目の前にしての作品ではないだろう。『雲母集』では光り輝く巣の中に密集する鳥の卵という空想的なイメージの中で、光と力という歌集のテーマが表現されているが、「雀の卵」ではひっそりと巣の中に置かれた雀の真っ白な卵を思い浮かべ、そこに行く春の秘かな悲しみが込められている。好みはあろうが、表現としては「雀の卵」の方が落ちついた味わいが感じられる。

『雀の卵』は大変な難産の末世《すえ》に出た歌集である。「輪廻三鈔」と「雀の卵」収録歌は大正六年（一九一七）の段階でほとんど完成していた。「葛飾閑吟集」の一部も雑誌に発表済みである。白秋は歌集出版を計画したが、満足できず、*推敲《すいこう》を重ねたが頓挫《とんざ》する。その後新たに手を入れ、弟の新しい出版社アルスに手渡したが、「葛飾閑吟集」は未完成であった。そして大正十年に入り、徹夜を続けて新たな創作と推敲に明け暮れ、漸《ようや》く編集を終えたのである。その「葛飾閑吟集」でたどり着いた境地は次の歌で詳説するが、「雀の卵」と「葛飾閑吟集」の巻は一連《ひとつら》なりの世界と見てよいだろう。しかし、俊子との離婚前後を題材とした「輪廻三鈔」だけが異質である。にもかかわらず三度の編集作業の際、この巻が削除《さくじょ》されることはなかった。合巻《ごうかん》歌集『雀

＊推敲—詩文を作るのに字句をさまざまに考え、練ること。

の卵』には、「輪廻三鈔」がどうしても必要だったのである。「輪廻三鈔」はさらに「流離鈔」「別離鈔」「発心鈔《ほっしん》」に分けられ、小笠原生活、俊子との別離、その後の苦悩を経てある境地《きょうち》に達するまでが、物語のように構成されている。「発心鈔」の巻末の歌は、「鳥のこゑ」と題された次の歌である。

麗《うら》らかに頭まろめて鳥のこゑきいてゐる、
　　　　といふ心になりにけるかも

添《そ》えられた自筆の挿絵は小鳥の図柄で、雀と思われる。妻と両親との板ばさみ、俊子への怒り、哀れみ、未練。様々な苦しみを乗り越え、すっきりと頭を丸めて出家《しゆつけ》し、麗《うら》らかな鳥の声を聞いているような心境に達したというのが、「輪廻三鈔」という物語の結末なのである。「雀の卵」「葛飾閑吟集」の入り口となるこの歌を最後に示すために、「輪廻三鈔」は必要とされたのかもしれない。

26

昼ながら幽《かす》かに光る蛍《ほたる》一つ孟宗《もうそう》の藪《やぶ》を出でて消えたり

【出典】『雀の卵』葛飾閑吟集・蛍四章

まだ昼間なのに、幽かに光る蛍が一頭、ほの暗い孟宗竹の藪の中から現れ、消え去ってしまった。

【初出】「潮音」大正十年四月

この歌に関しては、作者自身の明快な解説がある。

昼の蛍、無辺際《むへんざい》の日の光の中の、小さな、はかない命の輝きを歌つたものであります。その瞬間に捉へたつもりであります。これは理屈として考へて欲しくない。ただ直観的に、孟宗藪の薄明《はくめい》の中に光つた蛍がその藪を出しなに、昼の明るい輝きの中に、その光が消えた。これを直観的に嗅《か》いで欲しいと思ふのであります。だからこれは普通の写生でなくて、これは象徴味を帯びた歌の一つであります。この中には蛍を哀れとも寂しいとも何とも言つて居りませぬ。ただ孟宗の藪を出て消えたと云つて居るだけであります。これを感得するには、唯《ただ》かすかな、ほのかな匂ひをその儘心に伝へて味はつて欲しいのであります。

（『短歌の書』昭和十七年三月収録「白秋歌話（新秋歌話）」）

なるほど、竹藪を飛ぶ蛍の情景が鮮やかに浮かび上がってくる。何を感ずるべきかも理解できる。ただ、単なる「写生」ではなく、「象徴味を帯びた」とは、どのような意味なのだろうか。『雀の卵』「大序」では、次のように述べられている。

正直に観照し正直に写生せよといふ事は無論正しい。正しいが、それは歌作上の根本義であると云ふだけで、それだけではまだ初歩だと考へる。（中略）真の芸術の絶対境はその写生から出てもつと高い、もつと深い、もつと幽かな、真の象徴に入つて初めてその神機《しんき》が生き気品が動く。（中略）真の愛、真の雋鋭《しゆんえい》なる官感《かんかん》（注・感覚器官）を通じて世の真実相に徹する時、真の生命は初めてその神秘の光を放ち、歌も愈々《いよいよ》真の象徴に達する。

つまり「象徴」とは、「世の真実相に徹する」に達した時得られる境地ということになるが、素人《しろうと》の理解は難しい。白秋の捉える「真実」なるものが全く説明されていないからだ。「かすかな、ほのかな匂ひ」を感じ取れる読者にとっては深い象徴の歌だが、その感受性を持たない未熟な読者にとっては単なる写生の歌ということにもなろうか。22に示したように、『真珠抄』の時代あたりから、白秋は「真（信）実」という言葉を繰り返すようになっていた。姦通事件後の白秋再出発のキーワードとも考えられる。彼の「真実」を言葉でいかに表現するか。『雲母集』を乗り越え、「雀の卵」を経て、「葛飾閑吟集」へと到達《とうたつ》する道のりは、その苦闘の歴史とも言えるだろう。

蛍のモチーフは『思ひ出』や『桐の色』の時代から、白秋にはなじみ深いものであった。『桐の花』「昼の思」では、ウオッカを飲みつつ開くフランス人作家モーパッサン*の原書にとまる昼の蛍を捕まえ、『思ひ出』の自作の詩を思い出す。夜の蛍に関しては、「繊細な平安朝の詠嘆、乃至《ないし》は純情の雅びやかなる啜《すす》り泣き」に共感しつつも、近代の芸術としては、「アーク燈の眩《ま》ぶしい光のかげにあるかなきかに飛ぶ蛍の燐光を闇の夜のそれよりも更に哀れぶかくやるせないものに感じなければならない」と語っている。

＊モーパッサン―一八五〇～一八九三。フランス十九世紀の自然主義を代表する小説家。

アーク燈点《とも》れるかげをあるかなし蛍の飛ぶはあはれなるかな

（『桐の花』「薄明の時」）

アーク燈は明治時代に街路灯として用いられ、淡紫色の強い光を出す。その近代的で鮮烈な光に、古くから歌われてきた蛍のほのかな光を配する取り合わせの妙《みよう》こそが、『桐の花』時代の真骨頂《しんこつちよう》であった。しかし『雀の卵』では近代的な舞台装置を取り外し、孟宗《もうそう》竹の藪という暗がりと昼間の自然光との対比の中で、蛍の姿が象徴的に描かれることになった。

この歌は大正十年四月の発表である。つまり、二度挫折した『雀の卵』を世に出すべく、三月から五月にかけて徹夜続きの超人的な仕事が続いていた時期にあたる。詩歌三昧《ざんまい》の恍惚《こうこつ》、朦朧とした意識の中で、彼は歌に「真実相」が表現しえたとの実感を得たのであろう。「大序」でも「愈々象徴に入り得たものと信じてゐる」と、自信を覗《のぞ》かせている。この後、昭和十七年（一九四二）の死に至るまで、基本的に彼の歌風は揺《ゆ》らがない。「葛飾閑吟集」は、そしてその代表作である昼の蛍の歌は、歌人白秋にとって第二のスタートラインを意味するのである。

27

行く水の目にとどまらぬ青水沫《あおみなわ》鶺鴒《せきれい》の尾は触れにたりけり

【出典】『渓流唱』渓流唱・黄鶺鴒

青みがかった水泡《みなわ》を浮かべる流れの速い渓流。飛んできた鶺鴒《せきれい》が、その水の流れに一瞬尾を触れていった。

【初出】「短歌研究」昭和十年三月

一瞬を捉える白秋の目。雀の子や昼の蛍の歌でも、彼は一瞬を言葉に定着させた。鶺鴒は雀よりやや大きく、水辺に棲《す》む。尾が長く、その尾羽《おばね》を上下に振りながら歩く習性がある。この歌もまた、流れの速《はや》い澄《す》んだ渓流に鶺鴒が飛んで来て、一瞬長い尾を水に触れさせたという光景をそのまま歌っただけである。象徴の歌であるならば、水や鶺鴒に何かを感じ取らねばならないのだろうが、それは読者に任《まか》せることとしよう。

出典の歌集『渓流唱』は昭和九年（一九三四）から十二年（一九三七）にかけての旅の歌を編《あ》んだもので、白秋没後一周忌の十八年（一九四三）十一月に刊行された。その巻頭に置かれたこの歌は、詞書によれば昭和十年（一九三五）一月に伊豆湯ヶ島に遊んだ折の作という。先に引いた「新秋歌話」では、「丁度多磨《たま》結成の心が私に動き出した時に、丁度かういふ清景《せいけい》に接しまして、直観的に私の胸に響いて来たものであります」と、述べているが、「多磨」とは同年六月に刊行された白秋主催の歌誌。約二十年ぶりに立ち上げた自らの短歌結社の機関誌である。象徴、幽玄《ゆうげん》の歌風を確立し、我こそが日本短歌の正統と信ずる彼が、弟子たちを糾合《きゅうごう》して「アララギ」の写生短歌とは異なる「白秋精神」を示そうとしたわけである。そのような活動を支えていたのは、この歌に示された、自己の芸術の到達した境地に寄せる自信であったのだろう。

28

白南風《しらはえ》の光葉《てりは》の野薔薇《のばら》過ぎにけりかはづのこゑも田にしめりつつ

【出典】『白南風』砧《きぬた》村雑唱・I白南風・白南風の頃

田んぼで鳴く蛙の声も湿っているが、梅雨明けが近いことを知らせる南風が野ばらの光る葉を吹き過ぎていった。

白南風《しらはえ》とは梅雨《つゆ》の終る頃に吹く南風、あるいは陰暦六月の風をいう。歌集の「序」によれば、「白南風は送梅《そうばい》の風なり。白光にして雲霧《うんむ》昂騰《こうとう》し、時によりて些《いささ》か少雨を雑《まじ》ゆ。鬱《うつ》すれども而《しか》も既に輝き、陰湿漸くに霽《は》れて、愈々《いよいよ》に孟夏《まうか》の青空を望む」。梅雨の終りの頃、光は輝き雲や霧は高くあがる。しかし時には小雨が降り鬱陶《うっとう》しさは残るものの、光は輝き湿《しめ》り気もはれて、いよいよ青空の広がる夏の到来《とうらい》が感じられる季節。田んぼに鳴く湿っぽい蛙の

【初出】「香蘭」昭和六年七月

声はまだ梅雨を感じさせるが、光を受けて輝く野ばらを吹きすぎる風に夏を感じる。微妙な季節の推移を風と光で表現した作品である。

雀、蛍、鶺鴒の歌は、いずれも東洋的な枯《か》れた美の世界であったが、この歌の自然は明るい。『雲母集』時代の過剰な光の表現ではなく、自然をそのまま写し取りながらも、華やかだ。「わたくしは本来光明の子であらうか。かうした自然の光耀《くわうえう》の直下には、如何《いか》なる人生の悲痛も一瞬にして忘れ得る性情が抑《そもそ》もの本質であるらしい」と、「巻末記」でも述べられている。

歌集『白南風』は昭和九年四月刊行。『雀の卵』以来十三年ぶりの歌集である。ただしその間に大正十一年から昭和二年にかけて制作発表された作品群は、別の歌集に収録すべく残されている。死後刊行された『風隠集《ふういんしゅう》』(昭和十九年三月)と『海阪《うなさか》』(昭和二十四年六月)である。従って『白南風』は刊行された歌集としては四番目ということになるが、白秋の意識では第六歌集に当たる。この外、長歌《ちょうか》を収めた『観相の秋』(大正十一年八月)『篁《たかむら》』(昭和四年五月)、自選歌集『花樫《はながし》』(昭和三年十月)がある。大正七年から十五年まで、白秋は神奈川県小田原に暮した。そこで二番目の妻に当たる章《あや》子《こ》と不可解な経緯で別れ、佐藤菊子と再婚し一男一女を得た。安定した家庭生活の中で、歌集『雀の卵』の他、多くの童謡集や詩文集を世に送り、芸術家としての地位を不動のものとしている。そして大正十五年五月、上京。ここから『白南風』の時代が始まった。昭和六年までに、下谷区谷中天王寺(現・台東区谷中)、東京府下大森馬込村(通称・緑ケ丘　現・大田区東馬込)、府下世田谷若林(現・世田谷区若林)、北多磨郡砧《きぬた》村(現・世田谷区砧)と転居し、歌集『白南風』は居住地ごとに整理された四章で構成されている。なお、ほぼ同時期の旅の歌は「郷土飛翔吟《ひしょうぎん》」を含む第七歌集『夢殿』に収録されている。

砧《きぬた》の田園風景を白秋は大変気に入ったようだ。新居は和風と洋風が簡素に調和し、庭には芝生に花壇があるかと思えば、梅の古木や藤棚《だな》もある。

　桐の花ふふむこなたの日おもては蛙が鳴きて水田《みづた》さざなみ

「ふふむ」とは花が膨《ふく》らむ前のつぼみの状態をさす。引越しは五月であった。そろそろおなじみの桐の花が開こうかという季節である。かつて東京の可愛らしい半玉の姿と取り合わされた桐の花は、光と風を受けてさざなみを立てる水田が広がる田園風景の一コマとなったのである。

だが、『白南風』には、郊外の明るい風景だけが歌われているわけではない。昭和六年九月満州事変*、翌年一月には上海事変*と中国大陸では戦乱が続き、日本は長い長い戦争の泥沼にはまりつつあった。上海事変の際に、点火した爆薬筒を持って敵陣に突入、爆死した三名の日本陸軍兵士（爆弾三勇士、または肉弾三勇士）は当時のマスコミによって英雄に祭り上げられたが、白秋もまた彼らを歌に詠んでいる。

　突撃路あへてひらくと爆弾筒いだき爆《は》ぜにき粉雪ちる間《ま》に

『白南風』には他にも麻布第三聯隊《れんたい》の隊歌作成の際に、秩父宮*に拝謁《はいえつ》した際の作品や、皇太子（現在の天皇）の誕生を祝う歌も収められている。やがて白秋は戦争の拡大と共に、天皇礼賛、国家賛美、戦意高揚の作品を多く発表し、国民的詩人ともてはやされることになるが、その萌芽《ほうが》は既に芽生《めば》えていたのである。

*満州事変―昭和六年九月に満州（現中国東北部）で起きた日本と中国の武力紛争。

*上海事変―昭和七年（一九三二）に上海で起きた日本と中国との武力衝突。

*秩父宮―昭和天皇の弟宮。明治三十五年（一九〇二）～昭和二十八年（一九五三）。

29

照る月の冷《ひえ》さだかなるあかり戸に眼は凝《こ》らしつつ盲《し》ひてゆくなり

【出典】『黒檜《くろひ》』熱ばむ菊・駿台月夜

あかり戸には冷たい月が照っている。そこに目を凝らして、見ようとしてももうよくは見えない。こうして私は視力を失っていくのだ。

【初出】「多磨」昭和十三年二月

昭和十二年（一九三七）から十五年（一九四〇）にかけて成立した作品を収めた『黒檜』の巻頭歌である。『夢殿』の翌年、昭和十五年八月に刊行された。視力を失い、盲目《もうもく》の世界へと踏み入っていく様が、静かに歌われている。「あかり戸」とはガラス窓であろう。ガラス越しに冷え冷えとした月の光を感じることはできる。しかしどんなに目を凝《こ》らして見ようとしても、周《まわ》りの夜景はよく見えないのだ。これは病室で詠まれた歌である。

駿河台《するがだい》にある杏雲堂《きょううんどう》病院医師、玉木慶文が視力の悪化と疲労を訴える白秋宅に往診に赴《おもむ》いたのは、昭和十二年十月十三日のことであったという。眼底出血が認められる白秋は、既に糖尿病であったが、さらに腎臓病も疑われた。安静にすべき状況にもかかわらず、改造社が企画した『新万葉集』*選歌のため、十月中旬から十一月はじめにかけて伊豆長岡温泉に滞在、帰京後の十一月十日、杏雲堂病院に入院することになった。以後、視力は回復することなく、薄明《はくめい》の世界に生きることとなった。満五十二歳の晩秋である。

　彼は何かを完成させようとする際、一定期間寝食《しんしょく》を忘れて集中するタイプである。その無理が失明の危機を招いた。「肉体の上に加えた多年の精神的暴虐」と、『黒檜』の「巻末に」でも認めている。何とかその危機からは逃《のが》れたが、雀や鶺鴒の一瞬の動きを捉えた白秋の眼は失われたのである。にもかかわらず、この歌は自分を冷静に見つめ、失望や、混乱といった見苦しい感情が一切感じられない。この歌の翌月に「多磨」に掲載された口述筆記「薄明《はくめい》に座す」では、薄明の世界を「新しい秘密の洞窟」と冗談交じりに語っているのだ。白秋は自らの病気を新たな世界への飛躍のチャンスととらえている。

*新万葉集―明治、大正、昭和三代にわたる新たな万葉集として昭和十二年に企画され、作品が公募された。十三年から十四年にかけて刊行。

考へてみると、私はこの恭い秘密荘厳の実相を余りに見詰め過ぎて来た。又見ないでもよい雑色に或はされ過ぎて来たかも知れぬ。この可見の世界で今は九を消しても一の新生命にひたひたと真迫するばかりである。神々の恩寵が新に私に下つたと云ふならば、この眼疾こそは歓びである。求めても求め得られぬ受難であり、所謂、天の啓示である。私は充分に静安を守り、保身の上にも戒慎して、愈〻白秋そのものの本質を光鮮しなければならぬ。

そもそも薄明は彼にとって馴染《なじ》み深い世界だった。既に『桐の花』には「薄明の時」という章が含まれ、おぼろげな光が多くの歌で詠まれていた。

顫《ふる》へ易《やす》く傷つき易き心あり薄らあかりにちる花もあり

彼はもう傷つきやすい若者ではない。現実を正面から受け止め、次のステップへと踏み出す。見ることの呪縛《じゅばく》から解き放たれて、見えないことによって新たな歌境《かきょう》が生み出されるだろう。

だが、この前向きで楽観的な姿勢が、命そのものを縮めたとも言えよう。入院の翌年は退院後自宅で静養していたものの、昭和十四年（一九三九）歌集『夢殿』編集の際には、例の如《ごと》く徹夜を続け、感興《かんきょう》に任せて多くの新作を生み出している。活動は書斎を飛び出し、「多磨」の＊吟行《ぎんこう》や地方大会にも出かける。右〇・一未満、左〇・一—〇・二程度の視力が保たれていたということなので、現代の私達から見れば、正直「薄明の世界」は大げさなような気もするが、糖尿病と腎臓病を患《わずら》う人間にとって、余りにも重い肉体的負担がかかっていたことだけは間違いない。この静謐《せいひつ》で哀切《あいせつ》な歌の背後には、白秋の旺盛なエネルギーが渦巻いていたことに気付くのである。

昭和十七年（一九四二）十一月二日、五年間「薄明の世界」に生きた彼は死去する。享年五十七。絶筆は十月六日に病床で記された故郷柳川の写真集『水の構図』（昭和十八年一月）の「はしがき」であった。「夜ふけに人定って、遺書にも似たこのはしがきを書」いた彼は、最後に「ああ、柳河の雲よ水よ風よ」と故郷の自然に呼びかけたのである。

＊吟行—歌や句を作るため、同好者が野外や名所旧跡に出かけること。

30

帰らなむ筑紫《つくし》母国《おやぐに》早や待つと今呼ぶ声の雲にこだます

【出典】『牡丹《ぼたん》の木《ぼく》』魚眼・思慕

さあ、帰ろう。私の故郷筑紫の国に。早く帰っておいで、待っているよと私を呼んでいる声が雲にこだましている。

【初出】「多磨」昭和十六年三月

この歌が発表された昭和十六年（一九四一）三月、白秋は最後の帰省《きせい》を果たしている。前年に完成した交声曲詩篇「海道東征」が「福岡日日新聞」文化賞を受賞し、その授賞式に出席するためである。柳川で「多磨」の九州大会を開き、さらに宮崎、大分、奈良、名古屋を巡る最後の長旅であった。故郷を最後に見て（感じて）、翌年彼は祖先たちが住む世界に旅立つ。雲にこだまする声は、死者達の声でもあったのだろうか。翌年の死去という事実を知る私達は、そのようにさえ感じてしまう。『黒檜』以降の作品を集めた白秋最後の歌集、『牡丹の木』（昭和十八年四月）に収められた。彼は最後まで、折に触れて故郷を歌ったのである。

「牡丹の木」巻末作品は次の歌である。

　秋の蚊の耳もとちかくつぶやくにまたとりいでて蟵《かや》を吊《つ》らしむ

死の前月に「多磨」に発表されている。辞世《じせい》の歌の一つと見做《みな》すこともできよう。秋になり、もういなくなったと思っていた蚊が耳元近くでつぶやくように鳴いているので、また蚊帳《かや》を取り出して吊《つ》らせることになったという歌意である。出発期に、あれほど豊かで華麗な世界を紡《つむ》いだ人が、最後に秋のあわれ蚊*を歌うとは……と思うといかにも淋しい。春の鳥に「な鳴きそ」と訴えた青年は、秋の蚊には何も告げず、ただ蚊帳を吊らせてその声から逃れた。死を前にした脱力感と取るか、すべてを捨象《しゃしょう》した後の諦観《ていかん》と取るか、それとも……解釈は読者に任せることにしよう。

＊あわれ蚊―秋の季節になってもまだ生き残っている蚊のこと。秋の季語。

歌人略伝

本名・北原隆吉《りゆうきち》、明治十八年（一八八五）一月二十五日（戸籍上は二月二十五日）生まれ。生家は福岡県山門《やまと》郡沖端《おきのはた》村（現・柳川市）で、酒造業や魚の仲買業を営む富裕な商家であった。中学在学中より投稿雑誌「文庫」の歌壇で異才を放《はな》っていたが、明治三十七年（一九〇四）年、伝習館《でんしゆうかん》中学を中退し上京、まずは新奇《しんき》な南蛮趣味をちりばめた『邪宗門』（明治四十二年）の新進詩人として注目された。同時に短歌にも新機軸を開き、清新な都会趣味と青春の感傷が豊かな語彙によってうたわれた。だが、明治四十五年七月、姦通罪によって告発され、その体験を歌った「哀傷篇」を追加して、第一歌集『桐の花』（大正二年）を刊行。その後大正七年八月創刊の児童文学雑誌「赤い鳥」の童謡欄を舞台として近代創作童謡の基礎を築き、同時に創作民謡でも才能を発揮する。歌風は『桐の花』から大きく転換し、自然と日本的な美の世界を歌い、晩年は視力の衰えもあって、沈鬱《ちんうつ》な枯淡《こたん》の世界を描き出した。近代短歌の主流となったアララギ派とは一線を画す、独自の境地を切り開いている。短歌集は生前発表の『雲母集』（大正四年）、『雀の卵』（同十年）、『白南風』（昭和九年）、『夢殿』（同十四年）、『黒檜』（同十五年）の他、死後刊行された『牡丹の木』（同十八年）など、計十一集を数える。他に長歌《ちようか》を収めた『観相の秋』（大正十一年）『篁《たかむら》』（昭和四年）などがある。「近代風景」「多磨」など多く雑誌を主宰し、後進の指導にもあたった。昭和十七年（一九四二）十一月二日、満五十七歳で病没。

略年譜

年号	西暦	年齢	白秋の事跡	歴史事跡
明治十八	一八八五	1	一月二十五日誕生。	
三十	一八九七	13	四月、県立伝習館中学入学。	
三十七	一九〇四	20	三月、上京。	日露戦争開戦
四十二	一九〇九	25	三月、詩集『邪宗門』刊行。	
四十四	一九一一	27	六月、詩集『思ひ出』刊行。	
四十五	一九一二	28	七月五日、姦通罪で告発される。	明治天皇崩御
大正　二	一九一三	29	一月、歌集『桐の花』、七月、詩集『東京景物詩及其他』刊行。姦通事件の被告であった俊子と再会し、三崎に転居。	
三	一九一四	30	夏、俊子と離別。	第一次世界大戦開戦
四	一九一五	31	八月、歌集『雲母集』刊行。	
五	一九一六	32	五月、江口章子と結婚し、葛飾	

			に転居。四年後、章子と離別。	
七	一九一八	34	七月、「赤い鳥」創刊。	
十	一九二一	37	四月、佐藤菊子と結婚。八月、歌集『雀の卵』刊行。	
十二	一九二三	39	島木赤彦と論争。	関東大震災
十三	一九二四	40	四月、短歌雑誌「日光」創刊。	
十五	一九二六	42	十一月、「近代風景」創刊。	大正天皇崩御
昭和三	一九二八	44	七月、十九年ぶりに帰郷。	
四	一九二九	45	九月、アルス版『白秋全集』刊行開始。	
九	一九三四	50	四月、歌集『白南風』刊行。	
十	一九三五	51	六月、歌誌「多磨」創刊。	
十二	一九三七	53	視力が衰え眼底出血。	日中戦争開戦
十四	一九三九	55	十一月、歌集『夢殿』刊行。	第二次世界大戦開戦
十五	一九四〇	56	八月、歌集『黒檜』刊行。	
十六	一九四一	57		太平洋戦争開戦
十七	一九四二	58	十一月二日、死去。	

解説　「底の見えない人　北原白秋」――國生雅子

北原白秋という存在

「あなたを単純と見たらいいか／のんびりした人に見たらいいか／（中略）／どこまで行つても底が見えて来ない／底を見せない／底には行きにくい／或程度までゆくと戸がしまつてゐる／そこにあなたはゐた。」と、室生犀星《むろうさいせい》は追悼詩「白秋先生」（「多磨」昭和十八年二月）の冒頭で戸惑《とまど》いを告白する。確かに、白秋は底が見えない人物だ。それは詩、短歌、創作童謡、創作民謡、散文等々と活動が多岐《たき》にわたり、その作品世界の全体像を捉《とら》え難《がた》いという理由だけではないだろう。たとえば、今でも子供たちは「ピッチピッチ　チャプチャプ　ランランラン」（「雨ふり」）と歌っているのに、白秋に真正面から取り組もうとする研究者は少ない。一般的な知名度の高さと、近代文学研究における注目度の低さ、このズレはなぜ生じているのだろうか。そのラベルさえ貼っておけば研究、考察の対象とはならないとばかりに、多くの文学関係者によって貼られてしまった「無思想」「非近代」のレッテルのせいだろうか。しかし彼の生み出した言葉は今でも愛され、誰が作ったか知らなくても、発声練習で使われている。「水馬《アメンボ》赤いな。ア、イ、ウ、エ、オ。」（「五十音」）、と。ともかくも、白秋の言葉は今も生きているのだ。この小さな本は、彼が創造した広大な言葉の宇宙のなかで、最も愛着を寄せ、最後までこだわった短歌というジャンルから、底なしの世界を少しだけ覗《のぞ》いてみようとする試みである。全体像など最初から諦《あきら》めているので、今までとは少し違う角度から眺めてみた。浮かび上がった像は少しいびつかもしれないが、白秋と彼が生み出した言葉の世界は、揺《ゆ》るぐことなく存在し続けるだろう。

『桐の花』

北原白秋の第一歌集『桐の花』（大正二年一月）。作者自身が装丁《そうてい》したこの美しく洒落《しゃれ》た歌集は、日本近代短歌史や白秋における歌風の変遷《へんせん》といった縦の軸で測《はか》るべきものではなく、同時期の詩作品（『邪宗門』『思ひ出』『東京景物詩』）と、それらを生み出した明治末期の芸術的雰囲気などとの関わりを押さえて、水平的に考察しなければならないのである。当時、白秋はあくまでも自己を詩人として捉えていた。後に『桐の花』「翻刻新版あとがき」（昭和八年六月）で端的《たんてき》に述べたように、「詩作が主であり、歌作が副であつた」のである。石川啄木にとって、歌は「悲しき玩具」であったというが、白秋にとっては「小さい緑の古宝玉」（「桐の花とカステラ」）。愛《め》でるべき古く美しい小さな宝石を、詩作品で試みた様々な手法で細工《さいく》した宝飾品《ほうしょくひん》である。日本と西洋、古いものと新しいものを意識的に混ぜ込んで作り上げた時間と空間を越えたロマン的世界は、異国趣味、ダンディズム、官能的と評せられてきた。中野重治《しげはる》はそれらを、「それが目立つだけにそれだけその人間の内生活の空虚をあらわしていた」と酷評し（「斎藤茂吉ノート」昭和十七年三月）、以来白秋には「思想性の欠如」というレッテルが貼られてしまった。歌とは自らの思いを率直に述べるもの、あるいは自然を的確に言葉で写し取るべきものとする立場から見れば、確かに『桐の花』の多くの歌は作り物めいている。計算された舞台上のワンシーンのように感じる。しかし、舞踊や演劇などの舞台芸術を、それが作りものであるという理由で否定する人はいないだろう。被写体を真正面からリアルに撮った写真もあれば、露出を変えアングルに工夫を凝らし、現実とは思えない世界を写し出した写真もある。文学作品には虚構が許されている。『桐の花』もそのような文学作品として読めば良いだけである。若干の解説さえ補《おぎな》えば、約百年の時を越えて新鮮な感覚の世界を感じることができるはずだ。

「哀傷篇」から『雀の卵』まで

しかし『桐の花』の最後には「哀傷篇」という異質な世界が突起物のようにぶら下がっている。作者自身の実体験を歌った作品群だ。明治四十五年（一九一二）七月、白秋はかつて隣家《りんか》に住んでいた松下長吉の告発を受け、姦通罪で長吉の妻・俊子と共に逮捕、拘留された。免訴《めんそ》とはなったが、大きなスキャンダルを巻き起こし、生活と芸術の両面で転換点に立たされた彼が、それをどう乗り越えたのか、第二歌集『雲母集』（大正四年八月）への展開を追うのではなく、第三歌集『雀の卵』（大正十年八月）から振り返る形で考えてみたい。なぜなら、「葛飾閑吟集」「輪廻三鈔」「雀の卵」の三巻から成るこの歌集の、「輪廻三鈔」は明らかに「哀傷篇」の後日談であり、釈放後共に暮らすことになった俊子との別離の経緯が歌われているからだ。歌集を編纂《へんさん》するとは、自らの歌を素材として一つの歌物語を作り上げるということではあるまいか。少なくとも、『雀の卵』の場合はそのように考えられる。夫の芸術を理解せず、夫の両親をないがしろにする妻と苦しい決断の末別れ、静かに自然を観照《かんしょう》する心境へと脱却するまでの経緯が、作者の序文を指針として読むことによって浮かび上がってくる。そのアウトラインだけは「歌集抄」に示したつもりである。

問題はこの物語がいつごろ成立したか、ということだ。『雀の卵』は大正三〜六年の生活を題材とした作品を収めながら、出版は大正十年（一九二一）までずれこんでしまった。諸々《もろもろ》の事情がからんではいるが、同三年の俊子との別離を題材とした歌が発表されたのが、同五年に江口章子と結婚し葛飾《かつしか》に移り住んだのち。その章子との葛飾での生活を歌った「葛飾閑吟集」の完成は同十年、章子と別れて佐藤菊子と再婚後のことである。『雀の卵』完成の裏には、俊子だけでなく他の二人の妻との出会いと別れが潜んでいたことになろう。自然の真実の相を見つめ、象徴として言葉にするという『雀の卵』が最終的にたどり着いた歌境《かきょう》は、以後白秋の最も基本的な作歌の方法となる。と同時に、菊子というひたすら夫の芸術に奉仕する理想的な妻を迎えて、白秋は生活と芸術の両面で安定を得たのである。

白秋の挫折

白秋が姦通事件で体験した苦悩とはいかなるものだったのだろうか。人妻と恋に落ちたことや、収監《しゅうかん》という辱《はずかし》めを受けたこと以上に、俊子との破局《はきょく》が彼に打撃を与えたのではなかろうか。事実、収監体験は直後に作品化されたのに対し、別離を歌うためには二年の歳月と新しい妻を必要とした。彼が俊子と共に暮らしたのは、もちろん彼女への抑え難い未練は当然として、二人の関係を真実のものとしなければならないという強い思いがあったからではなかろうか。「二人の恋を立派に仕遂げて、男らしく立派にみせつけてやる」（大正二年二月俊子宛書簡）という意地である。ここで言う「立派」には、自身の芸術的再生の意味も込められている。白秋にとって生きるとは、芸術家として生きるということであり、このような強烈な芸術家としての自負が彼の生の根本を支えていたと思われる。『桐の花』からの脱却が急務とされた。今までと同じような歌を詠んでいては、世間は姦通者の歌としか見てはくれないだろう。さらに、『桐の花』の歌は詩作品のいわば陰画《いんが》として存在していたが、詩そのものが変化していた。彼の詩風は急速に歌謡的な韻律《いんりつ》へと傾斜していたのである。自然を対象とする『雲母集』の世界へ、かなり強引な転換が図《はか》られた。私生活は、彼のこのような芸術家としての活動を支えるものでなければならない。俊子に求めたのは「夫の真の生活を理会し、自分も信実に高い意味で生きていかう」（大正二年八月七日俊子宛書簡）とする姿勢だったが、結局彼女はその要求に応《こた》えてはくれなかった。白秋は「恋を立派に仕遂げ」られなかったのである。

童心と故郷

「輪廻三鈔」の中で、俊子との別離は妻ではなく父母を選択した結果として示されている。白秋は妻に対する夫ではなく、父母に対する子供の位置に自らを置いたことになろう。川口紘明は白秋の「童心」について、「その端緒は、父母の歌にあらわれる子（＝白秋）の位相の中に見出されるのではないか」（「『雀の卵』の構造」「解釈と鑑賞」昭和六十年十二月）と述べているが、父母を歌った作品が目立ち始める大正五年頃、彼は子供の姿に着目し、大正六、七年には盛んに童の心を説くようになるのである。同時に幼い頃や故郷の風物が作中に登場するが、『桐の花』から『牡丹の木《ぼく》』まで、彼の歌には故郷が歌われていた。童心《どうしん》と故郷というテーマは、詩集『思ひ出』や童謡を論じる際に必ず取り上げられるが、短歌においても考えなければならないだろう。「雉子ぐるま雉子は啼かねど」の短歌が先行して、その後童謡「雉ぐるま」が生み出された事実を忘れてはならない。

『牡丹の木』まで

『雀の卵』の後、刊行された短歌集（長歌集、選集は除く）は以下の八冊である。刊行順に掲げておく。『牡丹の木』以下は没後の出版。

『白南風』（昭和九年四月）大正十五年より昭和八年までの作品
『夢殿』（昭和十四年十一月）ほぼ同じ時期の旅の歌
『黒檜《くろひ》』（昭和十五年八月）昭和十二年十一月より十五年春までの作品
『牡丹の木』（昭和十八年四月）『黒檜』以降の作品
『渓流唱』（昭和十八年十一月）昭和九年から十二年頃の旅の歌
『橡《つるばみ》』（昭和十八年十二月）昭和十年から十二年頃の作品
『風隠集』（昭和十九年三月）大正十二年から十五年頃の作品
『海阪《うなさか》』（昭和二十四年六月）ほぼ同じ時期の旅の歌

作歌は続けられていたにもかかわらず、『雀の卵』の後十三年間歌集は編《あ》まれていない。新作を加え、旧作の推敲を重ね、白秋は歌集編纂にとてつもないエネルギーを注ぎ込む。童謡、民謡、散文、雑誌編集と、他の仕事に忙殺《ぼうさつ》され、力を割《さ》く余裕がなかったとも考えられるが、安定期に入った彼には、今どうしても歌集を編まねばならないという内的な動機が欠けていたのではなかろうか。『桐の花』『雲母集』『雀の卵』には、まとまった形で自己の作品をアピールしなければならない切実な事情が、それぞれにあったと考えられる。とすれば、昭和八年から九年にかけて、彼が『白南風』に傾けたエネルギーの源泉はどこにあったのだろうか。『黒檜』の場合は病気が契機となったと容易に推察できるが、『白南風』は即断が難しい。白秋の円熟期が孕《はら》む様々な問題を考えるためには、まずは歌集『白南風』編集の背景を探らねばならないようである。

読書案内

『北原白秋歌集』　高野公彦編　岩波書店（岩波文庫）　一九九九
　全歌集の中から編まれたアンソロジー。白秋短歌の世界を簡便に一望できる。岩波文庫には、『北原白秋詩集』上下巻や、紀行文の『フレップ・トリップ』、童謡や歌謡を収めた『北原白秋愛唱歌集』などがある。この他、新潮文庫やハルキ文庫は詩集であるが、講談社文芸文庫『白秋青春詩歌集』、新学社「近代浪漫派文庫」の『北原白秋／吉井勇』には短歌も収録されている。

○

『白秋全集』　中島国彦他編　岩波書店　一九八四〜一九八八
　白秋の広大な世界を知るためには、この全集をひも解くほかはない。全三十九巻に年譜、索引等を収めた別巻が付されている。

○

『北原白秋』　三木卓　筑摩書房　二〇〇五
　白秋の生涯と作品を知るための格好の一冊である。

『白秋と茂吉』　飯島耕一　みすず書房　二〇〇三
　小沢書店から一九七八年に刊行された『北原白秋ノート』の決定版。

『新潮日本文学アルバム　北原白秋』　新潮社　一九八六

写真を中心に白秋の生涯がコンパクトにまとめられている。
『白秋めぐり』　山本太郎　集英社　一九八二
白秋の甥にあたる詩人・山本太郎の視点から見た白秋像。
『近代文学大系　北原白秋集』　村野四郎解説・河村政敏注釈　角川書店　一九七〇
詳細な注が付されている。歌集『桐の花』全巻収録。

○

『白秋研究』ⅠⅡ　木俣修　新典書房　一九五四、一九五五
白秋研究の古典とも言うべき書。日本図書センター『近代作家研究叢書』に復刻版が収められている。
『評伝　北原白秋』（増補改訂）　薮田義雄　玉川大学出版部　一九七八
白秋の弟子・薮田義雄の労作。
『短歌シリーズ人と作品　北原白秋』　田谷鋭・島田修二　桜楓社　一九八二
解説と秀歌観賞からなる。

【付録エッセイ】

『北原白秋』新潮日本文学アルバム25（新潮社、一九八六年三月）

童謡・童心・童子　白秋の詩の本質をなすもの

山本健吉

近ごろ、たまたま見た『白秋全集』の月報で、世の中には感情的な「白秋嫌い」があり、その中でも大物は中野重治と三好達治だ、という文章があって驚いた。

白秋がデビューしたと前後して、すぐれた少壮の詩人・歌人たちが一斉に輩出した感があり、それに学んだ後輩たちも、中で誰を選択するかについては、それぞれの好みと判断とがあるのは当然のことである。中野が斎藤茂吉を採り、三好が萩原朔太郎を選んだということは、他人が口をはさむ余地のない、その内なるうながしによるもので、白秋を選ばなかったということが、必ずしも「白秋嫌い」ということを意味しない。むしろ、茂吉なり朔太郎なりについて語ろうとする時、その間近かに無視することの出来ない巨匠白秋の存在を意識せざるをえなかった結果、始終比較してあげつらわれたというまでだ。

本当は中野・三好等も、白秋をよく読んでおり、白秋がかなり好きなのである。私は昭和三十八年に、『日本現代文学全集』の「北原白秋集」を編纂した時、その月報に、三好・中野氏に伊藤信吉氏をも加えて座談会を開き、彼等が独自の白秋観を披瀝したのを直接聞いたが、彼等に白秋嫌悪の印象はいささかもなかった。その発言の一端を抄しておく。

三好　僕は白秋では童謡が一番すぐれていると思う。一番永遠性のあるものだと思う。……

あれはあの人のいいとこばかり出ています。いま歌われている歌はどんなのがありますかね。「赤い鳥、小鳥」、「砂山」……。

中野　「あわて床屋」。あれなんか巧いものだ。

三好　ただ歌われてるだけでなく、文字で読んでも、あれはもう世界中にないくらい、僕は感心するな。

山本　そのことと関連するかも知れませんが、私は白秋の詩では『思ひ出』が一番好きなんです。

あの世界を発展させると、童謡、民謡になるような面もありますね。

三好　それから『邪宗門』。やっぱりいい。

山本　いいかも知れませんが、私は「邪宗門秘曲」という詩ね、三好さんが詳しく評釈されたことがあるけれども、どうも言葉ばかりが先に来て、何をいおうとしているのか、中身が大したことないような気がして好きでない。

三好　だけど、僕は高等学校の時に読んで、とにかく驚いたものだな。まぶしきものだったね。

中野　僕の友達が、『邪宗門』の「目見《まみ》青きドミニカびとは」というのはね、きれいな声で読んじゃいかん、濁った声で読まなきゃいかんというんだね。それで僕も成程そうだな、これはきれいな声だと本当の味が出なくて、少し濁っただみ声で読む方がいいと思っていた。つまり、あれは珍しい品物やら事柄やらを通して、エキゾチスムみたいなものが歌われているんだね。ビードロがどうしたとか……。

三好　あの、「芥子粒を林檎のごとく見すといふ欺罔《けれん》の器」。あれ巧いものだね。

このような問答で見ると、三好も中野も、白秋の作品を繰り返し読んだと見えて、感銘した「邪宗門秘曲」の一節などたちどころに口の端に上ってきているのである。中でも三好が、白秋では童謡が一番すぐれていると、ずばりと言いきった一言は、如何なる白秋門の詩人、歌人も、白秋の業績の批評家も、ただ一人を除き言ったことのない指摘で、しかも詩人白秋の本質をよく見透した評語と思われるのだ。そして、そのような白秋詩の本質は、初期の抒情小曲集『思ひ出』の中に早くも胚胎《はいたい》している。

白秋の詩業の拡がりは、新体詩・自由詩・抒情小曲・短歌・長歌・俳句・童謡・民謡・小唄・歌謡曲（「さすらひの唄」など）・詩的散文（「生ひたちの記」など）と、あらゆるジャンルにまたがった前人未踏のもので、絢爛としたレトリックで、自由奔放に表現している点でも、その比を見ない。しばしば彼との対比において語られる茂吉も朔太郎も光太郎も啄木も迢空も、白秋のそばではマイナー・ポエットに過ぎないのではないかと言いたくなる。ひとの好みと資質によって、思い思いの選択が出来るほど、白秋の仕事は多様であった。

さきの座談会の別の発言を摘記してみよう。

中野　大体あれ（『桐の花』の最後の姦通事件での入獄）は事柄としてはショックだが、歌そのものに罪の意識などはない。市谷の裁判所で相手の女の人が編笠をちょっと傾げて挨拶するという歌なんか、なかなか艶にあでやかなものじゃないか。

……………

三好　「監獄《ひとや》いでてじつと顫へて噛む林檎林檎さくさく身に染みわたる」、あれなんかいい歌だな。

中野　そう、あれなんか罪の意識もあるわけだが、閉じ込められていて、出て来て、それでその気持だね。

……………

山本　三好さんは、白秋の歌としてどれがお好きですか。

三好　僕はやっぱり『桐の花』が一番いいと思う。『雲母集』も割合好きだが、最後の『黒檜』あたりになって来ると半信半疑だな。なかなか巧いけれども、読みながら喜びを感じなかった。

中野　僕は『黒檜』、『牡丹の木《ぼく》』。あれ非常に感心した、傲慢ないい方にきこえるかもしれないけれど見直したという感じがしたんです。非常に厳しい自己訓練というか……しかし今考えると、あまり生産的ではないね。もう行きついたところであって……それにくらべると、『桐の花』は気障っぽいものもいっぱいあるけれども、若さがあって何かいろんなものを生み出している……。

三好と中野と、ここで全然違った時代の作品を推しているのが面白い。三好の好みは、同じ時代の啄木・勇・牧水等の青春の歌とともに、白秋の『桐の花』を採る。巧拙よりも、「読みながら喜びを感ずる」かどうかということが第一である。私が、白秋の詩と歌とを較べて、最後に『黒檜』『牡丹の木』に到り着いた歌人白秋と、最後に『新頌』に行ってしまった詩人白秋とでは、歌人の方が上だと言ったのに、中野は賛成だと言った。中野が白秋の晩年の歌集を見て「見直した」と言うのは、かつて『斎藤茂吉ノオト』において述べた見解の訂正として言っているのである。それに対して三好は、後期の歌には歌の喜びがなくなったと言い、彼の詩も歌も含めて、童謡が一番だと言うのは、結局そこに歌う喜びが最高に満ち溢れていると感ずるからである。

中野は白秋の「罪の意識」の有無について、考えの揺れを見せているが、一方彼を「非常に豊富な、生れながらの詩人」と言い、若き日に白秋と並称された三木露風を「馬鹿になれないのが欠点」なのに対して、「白秋には才能の豊富さということと、馬鹿みたいなところとが一緒にあるんだね」とも言う。これは白秋の「童心」と言われているものを指しているので、結局三好の童謡最高の説に賛意を示していることになるだろう。

ところで先に、三好の童謡一番の説にただ一人先人がいると言ったが、それは高村光太郎なのである。彼は言う、「白秋氏の芸術全体を広義に於ける童謡と見る事も出来る。其程《それほど》氏は稀有な天品《てんぴん》の童謡作家であると思ふ」（大正十二年、雑誌「たんぽぽ」のアンケートに答えて）。これは光太郎の断簡零墨まで集めている北川太一氏の文によって、私は知ったのである。ただし光太郎は、白秋と自分とでは趣味の根本的相違がある、と附記しているという。また、昭和四年アルス刊『白秋全集』に寄せて、「巨大に成長し、微細に鍛錬させられた稀代の童子」「百パーセントの童心」と断定し、追悼の談話でも「一言にして言へば、非常に大きな偉大な子供といつてよい」と言う。また、童心の最初の発露ともいうべき『思ひ出』について「千古を貫く傑作」と、昭和十七年「童心と叡智の詩人」の中で語っているという。（北川太一「光太郎とのかかわり」岩波版『白秋全集』月報）

この「童心と叡智の詩人」という言い方で、すぐ思い出すのはヴェルレーヌの詩集『叡智《サジエス》』と光太郎のかかわりについてである。光太郎が彫刻勉強のため欧米へ渡る前に、日本の詩壇は泣菫・有明・敏などの時代だったが、それら古語・雅語・死語・廃語を駆使しての絢爛たる詩の数々に、彼は何の血脈も感ぜず、詩がそんなものなら自分とは無縁なものだと思っていた。明治四十一年にパリに入り、若いフランス婦人と日仏語の交換教授をやることになり、いきなりテキストに詩集『叡智』を与えられ、原語で暗誦させられる。それが彼に、真の詩を開眼させるきっかけとなった。泣菫・有明の詩が詩なら、これは童謡ではないのかと思った。それほど日常の言葉で作られながら、詩を読む無心の喜びがそこにあり、不思議に心に沁みた。後になって、おそらくそのときの驚きを思い出しながら、『叡智』の詩の一節「空は屋根のかなたに……」を原語で引き、この単純・幽遠な情調を訳そうとすれば、檜の板に五寸釘を打ち込むような感じがするという。名訳とされる『珊瑚集』の荷風訳ですら、原詩にただよう「童心と叡智」はどこかへ消え失せ、言葉を駆使しようとする大人のはからいだけがちらついていると言いたかったのだろう。『叡智』は作者が例のランボオ事件で入獄した際、神の愛を無心に求めた、切々たる懺悔と祈りの声である。

だが、それに近いものを、帰朝後白秋の『邪宗門』『思ひ出』など、ことに後者に見、自分もその刺戟を受けて詩を作り出し、いわゆるパンの会の狂瀾怒濤の中に身を投じ、やがて身を引いた体験を持つ。白秋と自分との素質の根本的相違に気づいたのだ。だがそれを彼に気づかせたきっかけは、彼が天成の童心を感じ取った『思ひ出』の諸作であり、中では血のしたたるような「TONKA JOHN の悲哀」の諸作には一番強く心を襲われたという。そこに自分の及びがたい詩心を感じ取りながら、その奥の奥には自分とは異質なものを嗅ぎ出してしまったのだ。それは同じ日を生きた二人の詩人の、共感と拒絶との心の葛藤であって、第三者がとやかく嘴を容れても始まらないこと。とにかく光太郎における詩の噴出は、帰朝後白秋に触れて始まったのだ。その点では白秋がその詩才を発見したともいうべき朔太郎、犀星、拓次等と変らない。

光太郎系の現代詩人草野心平が、八十歳を過ぎる今日まで、白秋は読むまいと心に決めていたのが、『白秋全集』月報の依頼があって、途端に無性に読みたくなり、病院のベッドで毎日『思ひ出』を読み、全部読み、文庫本でその他をあさり、そこへ〆切の知らせがあって、「もう書くのはいやだ」と言いながら、書いた奇文がある。抜抄する（「詩集『思ひ出』をめぐって」）。

（……あの旺盛な詩、旺盛な短歌、その交錯、詩歌人、他にゐるかな。こんな詩人。ゐない。）

（色んな色、匂ふ色彩。動植物・人間。泪ボウダ。）

（若い文学の友よ。どうか白秋を読んでくれ。その厖大さに遠慮なく驚いてくれ。）

「書くのがいやだ」とは、一寸書いたくらいでは、自分の驚きと感動とを伝えることは出来ないと思ったのだ。だが、その天成の童心、生れながらの詩心、大きな赤ん坊である点で、白秋に一番似ているのは、あるいは心平ではなかろうか。八十歳を過ぎて、とうとう読んだとは、心平のためにも、白秋のためにも、本当によかった。人間の心と心の出会いは、往々にしてこのような紆余曲折を描いて、ついに成就することもあるのだ。

國生雅子（こくしょう・まさこ）
＊1956年鹿児島県生。
＊九州大学大学院博士後期課程単位取得退学。
＊現在　福岡大学人文学部教授。
＊主要編著書等
『作家の自伝47萩原朔太郎』（日本図書センター）
『現代詩大事典』（三省堂）
『コレクション都市モダニズム詩誌８』（ゆまに書房）

北原白秋《きたはらはくしゆう》　コレクション日本歌人選　017

2011年５月25日　初版第１刷発行
2015年３月25日　再版第１刷発行

著者　國生雅子
監修　和歌文学会

装幀　芦澤泰偉
発行者　池田圭子
発行所　有限会社　笠間書院
東京都千代田区猿楽町２-２-３［〒101-0064］
電話　03-3295-1331　FAX　03-3294-0996

NDC分類　911.08

ISBN978-4-305-70617-1

印刷／製本：シナノ
（本文用紙：中性紙使用）
乱丁・落丁本はお取り替えいたします。
出版目録は上記住所または info@kasamashoin.co.jp まで。

コレクション日本歌人選　第Ⅰ期〜第Ⅲ期　全60冊完結！

第Ⅰ期　20冊　2011年（平23）2月配本開始

1	柿本人麻呂	かきのもとのひとまろ	高松寿夫
2	山上憶良	やまのうえのおくら	辰巳正明
3	小野小町	おののこまち	大塚英子
4	在原業平	ありわらのなりひら	中野方子
5	紀貫之	きのつらゆき	田中登
6	和泉式部	いずみしきぶ	高木和子
7	清少納言	せいしょうなごん	圷美奈子
8	源氏物語の和歌	げんじものがたりのわか	高野晴代
9	相模	さがみ	武田早苗
10	式子内親王	しょくしないしんのう（しきしないしんのう）	平井啓子
11	藤原定家	ふじわらていか（さだいえ）	村尾誠一
12	伏見院	ふしみいん	阿尾あすか
13	兼好法師	けんこうほうし	丸山陽子
14	戦国武将の歌		綿抜豊昭
15	良寛	りょうかん	佐々木隆
16	香川景樹	かがわかげき	岡本聡
17	北原白秋	きたはらはくしゅう	國生雅子
18	斎藤茂吉	さいとうもきち	小倉真理子
19	塚本邦雄	つかもとくにお	島内景二
20	辞世の歌		松村雄二

第Ⅱ期　20冊　2011年（平23）10月配本開始

21	額田王と初期万葉歌人	ぬかたのおおきみ　しょきまんようかじん	梶川信行
22	東歌・防人歌	あずまうた　さきもりうた	近藤信義
23	伊勢	いせ	中島輝賢
24	忠岑と躬恒	みぶのただみね　おおしこうちのみつね	青木太朗
25	今様	いまよう	植木朝子
26	飛鳥井雅経と藤原秀能	まさつね　ひでよし	稲葉美樹
27	藤原良経	ふじわらのよしつね（りょうけい）	小山順子
28	後鳥羽院	ごとばいん	吉野朋美
29	二条為氏と為世	にじょうためうじ　ためよ	日比野浩信
30	永福門院	えいふくもんいん（ようふくもんいん）	小林守
31	頓阿	とんな（とんあ）	小林大輔
32	松永貞徳と烏丸光広	ていとく　みつひろ	高梨素子
33	細川幽斎	ほそかわゆうさい	加藤弓枝
34	芭蕉	ばしょう	伊藤善隆
35	石川啄木	いしかわたくぼく	河野有時
36	正岡子規	まさおかしき	矢羽勝幸
37	漱石の俳句・漢詩		神山睦美
38	若山牧水	わかやまぼくすい	見尾久美恵
39	与謝野晶子	よさのあきこ	入江春行
40	寺山修司	てらやましゅうじ	葉名尻竜一

第Ⅲ期　20冊　2012年（平24）6月配本開始

41	大伴旅人	おおとものたびと	中嶋真也
42	大伴家持	おおとものやかもち	小野寛
43	菅原道真	すがわらのみちざね	佐藤信一
44	紫式部	むらさきしきぶ	植田恭代
45	能因	のういん	高重久美
46	源俊頼	みなもとのとしより（しゅんらい）	高野瀬恵子
47	源平の武将歌人		上宇都ゆりほ
48	西行	さいぎょう	橋本美香
49	鴨長明と寂蓮	ちょうめい　じゃくれん	小林一彦
50	俊成卿女と宮内卿	しゅんぜいきょうじょ　くないきょう	近藤香
51	源実朝	みなもとのさねとも	三木麻子
52	藤原為家	ふじわらためいえ	佐藤恒雄
53	京極為兼	きょうごくためかね	石澤一志
54	正徹と心敬	しょうてつ　しんけい	伊藤伸江
55	三条西実隆	さんじょうにしさねたか	豊田恵子
56	おもろさうし		島村幸一
57	木下長嘯子	きのしたちょうしょうし	大内瑞恵
58	本居宣長	もとおりのりなが	山下久夫
59	僧侶の歌	そうりょのうた	小池一行
60	アイヌ神謡ユーカラ		篠原昌彦

『コレクション日本歌人選』編集委員（和歌文学会）
松村雄二（代表）・田中　登・稲田利徳・小池一行・長崎　健